南渡浙东 第一船

——书院镇一家人的真实故事

上海市浦东新区书院镇
上海市浦东新区文史学会 编

李国妹 主编

上海社会科学院出版社

编辑委员会

主任　王新德
委员　唐国良　祝龙珠　程渡江　陈伟平　陈秋平
　　　周敏法　朱力生
策划　唐国良
主编　李国妹

编辑部成员（以姓氏笔画为序）
　　　朱力生　庄秀福　李国妹　张莱蕾　张建明
　　　林家春　金　丹　施国标　祝龙珠　顾娇娇
　　　唐国良

展示在宁波市中共党建教育基地的"两个电报"

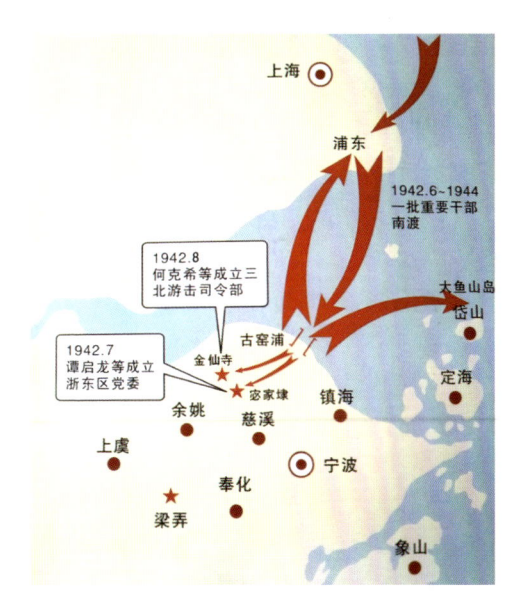

杭州湾红色通道示意图

浙东敌后抗日根据地海上门户——古窑浦纪念碑

相公殿三北敌后抗日第一战
纪念碑亭

十六户红色通道纪念碑

爱国实业家黄矮弟

古窑浦——新四军浙东纵队海防大队简介碑文

南渡抗日纪念碑

古窑浦革命历史陈列馆中的"南渡浙东第一船"船模

黄矮弟遗物

黄矮弟和严阿妹之墓

1983年，黄素新在新疆阿克苏汽车营二连门口留影

2016年6月29日，黄素新（前排右三）和李国妹（前排右一）在先辈浴血奋战的大鱼山岛革命烈士纪念碑前留影

2018年8月,黄素新在新疆生产建设兵团第一师阿拉尔市三五九旅屯垦纪念馆参观

2020年10月13日,黄素新(左一)在古窑浦革命历史陈列馆内讲解父亲的故事

黄素新在家中创办的"舒馨"睦邻点

社区活动——黄银楼打草鞋

返沪知青联络点

上海市浦东新区国际商会会长张斌

2020年，张斌在防控疫情中捐赠防疫物资

2020年7月3日上午，上海市浦东新区政协主席姬兆亮（左）到思乐得生产基地视察

序一

唐国良

党史国史学习中，能发现一个好的创作课题不容易，要发掘到一个能打动人且有较高文史价值的课题更不容易。但只要有心有情，机遇就会出现，你就会发现红色印迹就在你的身边，你的脚下。《南渡浙东第一船——书院镇一家人的真实故事》这一课题，就是于不经意之间的巧遇，在深入发掘整理中成为的现实。

课题最初来自一篇博客文章。2019年7月26日，"老小孩"博客平台上发表了《浦东历史上的四次特大海潮》一文。文章中介绍的第四次大海潮，发生在1949年7月24日。突如其来的狂风巨浪，浦东沿海地区损失惨重，海塘大面积冲毁，农田被淹，大量房屋倒塌，灾民死亡达1 613人之多。文章推出的第二天，我收到了一位读者的微信。微信中讲："当年南汇县书院镇有一家人从海浪中救起了100多人，事迹十分感人。当年参与救人的义士现还健在。"如此重要的线索，弥足珍贵，我决定尽快上门拜访。

据了解，当年带领全家人在海浪中救人的，是书院镇的爱国实业家黄矮弟（1903—1961）。

2019年8月初，我在黄矮弟女儿黄素新家中，静静地听黄银楼、黄素新兄妹俩讲述70多年前的一个个真实故事,他们回忆得那么清楚,又那么感人,犹如展现在我面前的真实场景,让人动容,引人深思。

当讲完海浪中救人的故事后,黄素新又向我介绍了父亲黄矮弟在抗日战争和解放战争中,利用海上商贸的有利条件,甘冒风险为革命做贡献的经过。讲完之后,又小心翼翼地拿出她珍藏多年的父亲在抗战时期使用过的遗物,让我观看。午饭之后,又冒着烈日骄阳,带我到当年黄矮弟捐资创办学校的旧址,以及为地下党建立联络站的茶馆、盐行旧址,边看边介绍。

初次拜访,真是收获满满,还获得了意外的惊喜。一个家庭,能有如此丰富多彩的故事,值得花大力深入发掘整理,书写出更多的文章。之后一段时间的交流交往,让我看到了女强人黄素新的不平凡经历,看到了在改革开放阳光下成长为企业家的黄氏家族新一代代表张斌的故事。俗话说,"山不在高,水不在深",一个家庭三代人三个平凡"小人物"的身上,闪烁着浓浓的红色印迹,他们的爱乡情怀、爱国之心、社会责任,与时代风云又紧紧结合在一起,是浦东热土上不可多得的珍贵素材。他们是当今"不忘初心、牢记使命"的主题教育,传播红色故事、传递红色记忆的鲜活教材。

浦东新区文史学会详细了解到他们的生动故事后,立即将其挖掘和整理列入学会研究的重点课题。会长祝龙珠等专程前往书院镇与镇领导共同探讨,并很快形成共识——要用好、用活身边的红色资源,整理出一部有特色的作品,让宝贵的精神财富更好地弘扬。

《南渡浙东第一船——书院镇一家人的真实故事》的编辑过程中,为了使作品更具吸引力、说服力、感染力,发掘更多珍贵史料,2020年10月,编辑部的同志与书中主角黄矮弟的后人一起,专程前往浙东的余姚、慈溪等沿海地区实地寻访。三天紧张的奔波,不仅为作品增补了不少史料,更让参与寻访的同志受到了深深的感染。时至今日,浙东群众对70多年前浦东儿女南渡的往事记忆犹新,他们还在当年的抗日战场的旧址处辟建了纪念碑和纪念馆。那里展示着浦东抗战部队南渡时的光荣历史,黄矮弟运送南渡将士的高梢船模型,陈放在展厅中央。在与浙东群众的交谈中,无不感受到他们对浦东将士的真情实感,这是浦东、浙东两地之间深厚友谊的象征。不朽的丰碑,薪火相传的纪念馆,让后人看到了历史,看到了英雄儿女,那是永留在心中抹不去的记忆,那是永远也不会过时的红色经典。

上海市浦东新区第一届政协秘书长
2020年11月

序二

程渡江

欣闻展现一个"书院人家"的真实故事——《南渡浙东第一船——书院镇一家人的真实故事》一书即将出版的消息，于此作序备感荣幸。这是书院镇红色基因的一个缩影，书中对书院镇一家三个人物的集中刻画，展现了书院人在三个不同时期的精神面貌，该书的出版为书院镇的人文历史挖掘做出了不小的贡献。

书院镇地处东海之滨，成陆以来已经有了两百多年的历史。岁月的沧桑与历史人文的积淀，让书院镇有着历史文化的厚重感，其中包括了红色基因的文化。书院崇尚文化教育，晚清时期一个"书院厂"的出现，让文化遍及书院大地，进而人才辈出。即使在烽火年代，书院儿女也勇于走向枪林弹雨，为建立中华人民共和国抛头颅、洒热血，有不少英勇儿女战死疆场，为国为民，写下了悲壮的一页，为书院留下了红色文化的基因。书院烈士纪念碑上刻有储贵彬、丁金山、李雪舟等57名英烈的名字，他们无不从小受着书院文化的影响，继后又在进步思想的影响下，成长为一个个从书院这片土地走出去的英雄儿女，令世代书院人肃然起敬！当然，在书院的史册上何止这些英烈，在政界、军界、科技界、文化界等领域中，同样能找出成批的闪亮人物，这是浦东书院的骄傲，也是上海地区的骄傲！

书院因海而孕，因滩而生，咸涩的海风吹拂了书院两百多年，盐碱的土壤养育了一代又一代的书院人，博大的海洋练就了书院人的宽阔胸怀和坚强毅力。他们勤劳智慧，用一双双勤劳的手绘制着书院这片大地，追寻着美丽的梦。1949年，书院镇在党和政府的领导下，战胜了海潮决堤的特大自然灾害，这种力量从何而来，是从书院人坚韧的性格中来，是从红色的基因中传承而来。多少年来，书院人听着潮声来唤起拼搏的信念，在海鸟声中励精图治，从开垦滩涂的第一粒种子下田起，便开始编织那属于书院人自己的梦。

文化的孕育是这个地区"根"的灵魂，一座"五开间两厢房"的建筑把书院带进了充满文化气息的地域，民俗文化、民间文化、农耕文化、滩涂文化在书院这块土地上熠熠生辉，揭开书院的历史页面，哪一页不值得回望和挂念？在红色基因的传承中，书院人曾把自己脚下的这片土地打造成闻名全国的蘑菇之乡，全国劳模、全国人大代表、上海市劳模等的优秀人物不断涌现；贯穿于原上海、南汇两县大地的沪郊最大的人工河——大治河也有书院人的一身汗水，这里虽不是硝烟弥漫的战场，但听到的都是"铁人"般的号子声。大河东流，同样把书院人的那种骁勇善战的精神弘扬到了波涛翻滚的大洋彼岸，向世人告白。

没有哪一列历史的车轮，不为书院在歌唱。当岁月奔向21世纪时，书院显得更加立体了，当书院被规划到上海自贸区临港新片区时，书院更加秀美了。叶辛文学馆、上海书法家协会书院创研基地、复旦国学堂、东南书画院、书院诗社……这些充满浓郁文化气息的阵地如雨后春笋般在书院这片大地上拔地而起，当别人问起"你们这里为什么叫书院"时，书院人的回答是多么的自豪与自信，本土的石雕艺术、杆秤艺术等许多个民间艺术被评为市、区级非遗项目，文化的灵魂给书院带来无愧于书院名字的魅力。斗转星移，此时伫立在书院这片土地上，美丽庭院如花似玉，美丽乡村鸟语花香，美丽社区莺歌燕舞，乡村振兴战略稳步推进，上海文化层层深入。

新时代、新征程，身居临港新片区的书院以崭新的姿态塑造着自己，新片区的语言铿锵有力，世界的对话在这里频频传出，世界的握手在这里频频闪亮。书院是幸运的，乘着改革的春风，竭力打造着自己的文化品牌。2020 年是浦东开发开放的"而立之年"，2021 年是中国共产党诞生 100 周年，历史的节点被书院人民用傲人的成绩塑成了一座座历史的丰碑。"装点此关山，今朝更好看。"书院的美不会以此而止步，她将乘着历史的车轮，挥动如椽之笔，坚定不移地在习近平新时代中国特色的社会主义道路上奋勇前进，让书院这片大地在红色基因的鼓舞下，变得更美、更丽、更靓。

美哉，书院。

上海市浦东新区书院镇镇长
2020 年 11 月

目　录

I　序一
V　序二

第一代：黄矮弟

003　走上经商路

012　广交朋友

028　组建新的海运码头

033　党中央的两份电报

039　"浙东第一船"勇立奇功

061　逃难生涯

065　智筹物资　护送领导

070　北撤中的"高梢船"

075　倾力相助

080　护送一位特殊的女同志

085　巧卸枪支

088　卖产捐资

090　抗潮救灾

097 为解放舟山出力
099 蒙冤

第二代：黄素新

103 难忘的蒙冤年代
121 赴边疆经受锻炼
130 漫漫申诉路
141 为了"浙东第一船"
144 协助寻找烈士后人
149 七十一年的寻亲梦
154 组建睦邻点
160 创建"返沪知青联络点"
164 我幸福的晚年生活
166 神秘的小花园
169 我的父亲

第三代：张斌

175 一笔宝贵的精神财富

178 践行"工匠精神"的带路人

188 成功企业家的风采

191 记忆是一种力量

200 参考文献

202 后记

第一代：黄矮弟

  历史是值得被铭记的，因为它是漫长时间里积淀而成的对现实的启示。书院镇一个家庭的三代人，第一代人是本书的主人公黄矮弟，他是一位生活在东海之滨的爱国主义商贸界人士。抗战时期，他利用海上贸易的条件，一次次出生入死往返于浦东、浙东和苏北地区，为浦东及浙东抗日根据地的创建，做出了自己的贡献。黄矮弟的"高梢船"，被谭启龙、何克希等前辈誉为"南渡浙东第一船"。

走上经商路

浦东位于上海东缘,泛指黄浦江以东地区,包括川沙、南汇、奉贤等地的大片土地。浦东西临上海母亲河——黄浦江,北边是江水奔流的长江口,南边是杭州湾,东边是东海。

浦东的成陆已有1 300多年的历史。在公元4世纪以前,即我国历史上的东晋时代,这里还是一片浅海,而那时的海岸线还停留在古冈身附近。所谓古冈身,就是在远古时期,由于泥沙受到海浪的不断冲击,逐渐堆积成的自然泥沙堤。这些泥沙堤,成了阻挡海水的天然屏障。

公元4世纪以后,随着长江和钱塘江的水流的不断冲刷,从上游夹带来的泥沙在江海交汇处为海浪冲顶而加速沉降,从而不断增加滩地的面积,进而形成海岸线向外延伸,陆地面积逐渐增加,随后居民逐渐在这里定居,他们选择海口及附近滨海一带,围海造田,垦荒种地。到公元10世纪,沿海的居民为了生存与发展,还不断地在海滩上筑堤,抵御咸潮,与海争地。其中最早的一条海塘是古捍海塘。

古捍海塘又名"下沙捍海塘",位于冈身以东约20千米处,其走向与冈身基本平行。史籍记载,它重筑于唐代开元元年(713年)。始筑于何时,现尚无定论。

随着滩涂向东不断延伸,沿海的居民在东海边渐次修筑了古捍海塘、里护塘、钦公塘、彭公塘等海塘，疏浚了扇面形展开的诸多通浦干河。沿海的居民或"煮海为盐"，或勤事农桑。

清雍正四年（1726年）南汇正式建县。几百年来，勤劳勇敢的南汇人民用自己的聪明才智，依托围海造田的独特优势，"煮海制盐"，布设盐场、盐团、盐灶、盐仓。南汇面向大海，属海防要塞，为警示敌情而高筑烽火墩，就有了一墩、二墩、三墩等地名。为引水制盐、方便运输，人们开沟引水，形成无数大小河港，如一灶港、咸塘港、运盐河等。另外，由于地处东海之滨，除建塘外，外来贫民纷至沓来，于是就有了因海而兴的小镇，如老港、新港、芦潮港等。

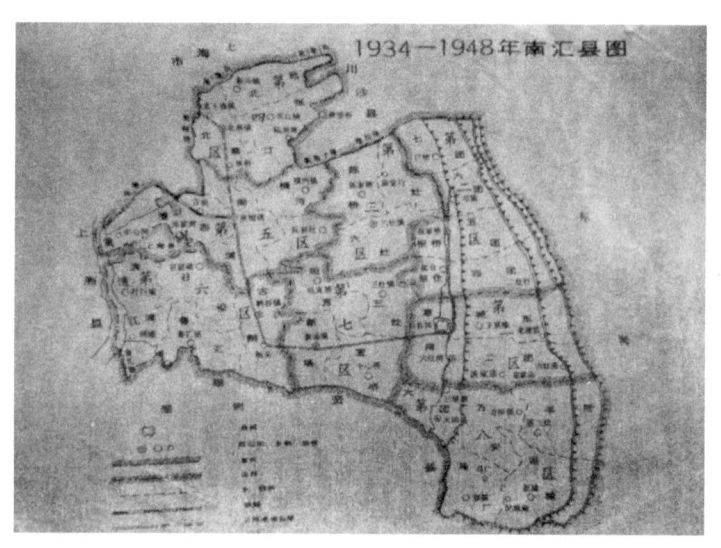

1934—1948年南汇县图

南汇人民历来富有爱国主义和革命斗争的光荣传统。早在明代中期，倭寇从海上入侵时，南汇人民就奋起抵抗，屡挫倭寇。中国共产党成立以后，南汇人民在中国共产党的领导下，开展了诸多反帝反封建的艰苦卓绝的斗争。在这片土地上，在战火纷飞、生死搏杀的年代，涌现出无数的仁人志士，他们为革命、为信仰献出了毕生的精力，乃至宝贵的生命。历史的丰碑上，将永远镌刻着他们朴实却闪光耀眼的名字。

在 20 世纪 30 年代，南汇地区的彭公塘畔，出现了一位忠诚的爱国商贸界人士——黄矮弟，他虽是无党派人士，也不是军人，但他以经商为名，常年奔波于浦东、浙东、苏北的海上秘密运输线，走南闯北，为地下党、新四军的运输出生入死，作出了不少贡献。

1903 年，一个新生命在东海边彭公塘附近的江苏省南汇县小洼港（现属上海市浦东新区书院镇桃园 4 组）呱呱坠地，这个婴儿就是故事的主人公黄矮弟（又名黄关根、黄阿弟）。彭公

昔日小洼港

塘，筑于清光绪十年（1884年），由南汇乡绅彭以藩发起，并筹划开筑，故名。当时王椿荫任知县，故又名王公塘。清光绪三十一年（1905年）塘被冲毁，后在原址外筑新塘，名"李公塘"。黄矮弟出生的小洼港，原属二团二甲地，因临小洼港而得名。这里除了土生土长的原住居民，大多是从各地流落来此的农民，以垦荒为生。

黄矮弟的父母是佃农，为人忠厚，心地善良。他的母亲是一位非常能干的土医生。当时时局混乱，劳动人民生活贫困，很多人有病无钱医。黄矮弟的母亲就尽自己所能，用一些土法帮周边百姓治病，接生、挑河白、晃蚂蚁疯……很多时候她都是免费行医，很受乡邻敬重。

黄矮弟自幼活泼好动，性格豪爽。虽名叫黄矮弟，但却长得人高马大，约1.8米的个头，膀大腰圆。为强身健体，增强自卫能力，他还曾拜师学武功，经几年苦练，学得一身武艺，一般的人七八个近不了他的身。

男大当婚，女大当嫁。1922年，黄矮弟在父母的包办下，与比他大4岁的严阿妹结了婚，同年有了第一个儿子黄富楼。后面几年，连续有了4男4女共8个子女：

严阿妹（60岁时留影）

大儿子黄富楼、二儿子黄顺楼、三儿子黄银楼、四儿子黄志伦、大女儿黄凤琴、二女儿黄素珍、三女儿黄素琴、四女儿黄素新。黄矮弟还有一"偏房",生有5个子女。到1952年,黄矮弟共育有13个儿女。

头脑活络的黄矮弟一直不甘心于当前生活,不停寻找生活的转机,听好友薛根生说小洋山的习武之人老顾闲聊,在洋山、岱山那一带收购私盐,能赚差价。常言道:"靠山吃山,靠海吃海。"为了生活,于1927年,黄矮弟利用家靠近东海边的有利条件,买了1艘名"新得利号"载重约七八百担的海船(当地人行话称为"高梢",指在海上跑生意的船尾高翘的商船)经商。他经常往返于浦东、浙东之间,除了做盐的买卖,他还做起了海鲜、棉花、粮食以及日用品等的生意。

盐业在浦东、浦南的发展,有着悠久的历史。元代是上海浦东、浦南盐业生产最兴盛的时代。当时沿海居民以贩盐为业,用工省而得利厚。很多人因为家境贫穷,无奈以肩挑贩卖私盐,挣钱维持生计。也有一些商人在巨大利益面前,不惜舍命一搏,自己开辟出一条通过水陆私运的道路,寻找专卖市场。有一段时间,私盐价钱便宜且色白,而官盐价贵色黑且有泥土味,故百姓爱买私盐。官方是严厉禁止私盐买卖的,因此在盐关设有盐官、盐务缉私队,追查过往商旅,经整治,食盐买卖得到有效控制。

元明以后,上海滨海的自然条件发生很大变化。江水夹带泥沙量的不断增大,浅海滩逐渐向东南延伸,江水冲淡了海水,近海海水的含盐量日益稀薄，已不易成盐。到了清代初期，浦东的盐业已奄奄一息，苟延残喘。到乾隆年间，盐业基本完全歇业了。

为了生活，黄矮弟和好友薛根生、老顾，多次冒着风险，驾船外出，到邻近的海岛采购私盐，当时确实得到了丰厚的利润。但黄矮弟结伙贩私盐的消息被盐务缉私队获知，他们跟踪追击，曾有几次捕获黄矮弟收购后来不及转移而丢在海滩边的私盐，而黄矮弟因为人仗义而多次被掩护脱险。

经历过几次危险，黄矮弟感觉要改变赚钱策略，冒着风险做生意，毕竟不安全。要是哪天做事不顺，或者万一被缉私队抓到，自己受罪不说，还要连累家小。还是得顺势而为，跟着国家走。

20世纪初，在民族危机日益加深、全国范围内的爱国运动风起云涌的形势下，进步的革命知识分子队伍迅速扩大。

1927年8月底9月初，参加"八一"南昌起义的赵天鹏回到浦东家乡。赵天鹏是江苏省南汇县泥城乡横港村（现属上海市浦东新区泥城镇横港村）人。他曾在川沙县一所简易师范学校学习，在教师林钧那里接受革命思想比较早。林钧（又名林少白，化名王少英；原姓朱，名建璜，小名春南），江苏省川沙县城厢镇（现属浦东新区川沙新镇）人。林钧是一位杰出的教育家、足智多谋的革命家，他是川沙县加入中国共产党的第一人。1927年春，赵天鹏在林钧介绍下进了武汉前敌总指挥部政治训练班学习。后被分配到贺龙领导的北伐军独立第十五师，在赵一凡连队担任司务长，随部队参加了

"八一"南昌起义。

赵天鹏烈士像 　　　　林钧烈士像

在"四一二"反革命政变中,上海地区的共产党组织遭到严重破坏,许多同志被敌人拘禁和杀害。赵天鹏到上海浦东的时候,浦东的党组织正在恢复之中。1927年重阳节后的一天,在奉贤县曙光中学,经林钧和赵振麟的介绍,赵天鹏正式加入了中国共产党。赵天鹏入党后,公开身份是南汇县鲁家汇县立观涛小学教师,当时他和周大根常去奉城曙光中学参加会议,接受任务。

曙光中学创立于1927年,是由中共早期党员、革命烈士李主一及新中国成立后的驻苏大使、外交部常务副部长刘晓等老一辈无产阶级革命家创办的。中共奉贤第一个党支部和奉贤县委都诞生在曙光中学。

刘晓　　　　　　　　　　　　曙光中学旧址

李主一（1892—1928），学名李宪章，曾用名李羔，江苏省奉贤县（今属上海市奉贤区）奉城东北老李家埭洪庙镇洪西村人。1925年进入上海大同大学深造，并在此结识了林钧等几位中国共产党党员，后经林钧介绍，正式加入中国共产党，开始走上革命道路。1927年秋，他和刘晓等在奉城潘公祠创立曙光中学。他积极进行革命工作，后不幸被捕，于1928年6月从容就义，时年37岁。

当时，国民党反动派大肆捕杀共产党人，白色恐怖笼罩全中国，是革命处于最低潮的苦难年头。而在沿海一带，居住着许多盐民，他们除了长期遭受地主阶级的横征暴敛之外，还时常遭到盐警、盐官的欺压，生活十分痛苦。当时以曙光中学为基地的中共奉贤县委的负责同志刘晓、李主一、赵天鹏等，他们经常秘密深入盐民之中，传播革命火种。

有一次，在外做生意的薛根生急匆匆找到黄矮弟，他说得到风声，有两个国民党暗哨在南汇、奉贤南四团交界处跟踪到了赵天鹏他们活动的地点，情况十分危急！

黄矮弟是个性情中人，他时常听到浦东有共产党人活动的消息,但他没有接触过。此刻他想,既然是国民党特务要抓的人,必然不是什么坏人。黄矮弟看看天色已晚,一时又找不到可靠的人同去帮忙,好在他和薛根生都会点功夫,对付两个暗哨绰绰有余。他俩来不及细想,就匆匆向奉贤方向赶去。

果真,两个暗哨在一家农房边东张西望,窥测着屋内,但没有动手,似乎在监视什么人。黄矮弟和薛根生乘着夜色,偷偷靠近,两三下就把他们制服了,捆起来并警告他们,如去向上级汇报,将当场"收拾"了他们;如不声张,等里边的人撤走了,就放了他们,两个暗哨连连点头。黄矮弟二人终于松了一口气,进屋将特务跟踪的消息告诉了赵天鹏等同志,让他们悄悄地安全撤离。但可惜的是,赵天鹏在之后的任务中,因暗杀四团恶霸张沛霖而被抓,于1928年7月2日(农历五月十五日)被押赴南四团杀害,年仅25岁。

黄矮弟得知共产党人赵天鹏被敌人杀害后,十分痛惜,思想上受到了很大震动。自此,更加坚定了他投身民族事业的决心。

广交朋友

1932年,黄矮弟把在小洼港的家搬到南汇县老港区五桥乡第一村(现属上海市浦东新区书院镇四灶村果园4组)。

迁居在五号桥的黄矮弟家原址和五桥校旧址

五桥乡有个五号桥集镇,形成于20世纪30年代(现地处上海市浦东新区书院镇果园村5组、6组之间)。1933年,江苏省南汇县二团姓顾的地主在彭公塘外侧开了一家顾家外厂,因被白龙港相隔,这里交通不便,故顾家运来一批厚实的松木,每块木板厚40多厘米，宽50多厘米，请来匠人，在白龙港上架起1座木桥。由于该桥紧靠东西向的五号港，故定名为"五号桥"。

白龙港上建造了五号桥后，交通变得极为便利，住户也逐年增多，于是逐渐形成了小集镇，且更为热闹起来。黄矮弟头脑活络，他看到了绝无仅有的商机，于是一边务农，一边着手准备扩大生意。

1938年，黄矮弟把几年来积攒的一点钱，在五号桥东堍北侧、彭公塘西侧，开了一家店号为"同顺兴"的盐行（也卖杂货）。他拥有的店面有面南5间，面南折角东侧2间，面北5间（中间一间是两层楼，上面用来接待贵宾），面北东面第一间为盐行。随后，黄矮弟又陆续开设了学校、茶馆并附设了旅馆；黄矮弟还设了一间木作铺，请李阿舟、李阿国父子俩做木工；街上还有朱文彩、严卫庆各开了一间饭店。于是形成了东西长20米、南北长50米的"L"形对面街。为了便于行走，黄矮弟组织商家集资，将街上泥路铺上青砖，直至五号港桥两堍。

黄矮弟开设的同顺兴盐行的总经理是黄新余（又名黄阿妹），办理业务的是薛根生、陈炎堂，严阿和是厨师，黄矮弟大儿子黄富楼管账。黄矮弟崇尚务实，言行一致，从不空谈。附近的村民如有事求他帮忙，他必鼎力相助，因此在村民中口碑极佳。

同顺兴盐行的账房先生名义上是胡汉萍，实际是由黄矮弟的大儿子黄富楼总管，后来二儿子黄顺楼、三儿子黄银楼有时也帮忙管账。胡汉萍是中共地下党员，三五支队的军需，黄矮弟为了掩人耳目,曾把受伤的胡汉萍安排挂名在盐行做管账先生。他还让三儿子黄银楼认胡汉萍为"过房爷"。胡汉萍在伤愈后离开盐行时,还特意送给黄银楼一支金星钢笔,留给他做纪念;还送了两件面料特别好的大衣给黄矮弟、黄银楼父子俩,说等全国解放后再见面。后来黄银楼听说胡汉萍在"文革"期间也被"专政"关押了。从1942年开始,黄矮弟一家人逃难在外后,盐行由薛根生管理,一直到1945年,黄矮弟回家后才重新接管。

1938年,黄矮弟在五号桥东堍北侧的面南街面东2间开设了小学。这所学校是黄矮弟独立创办,为单级民办学校。由于学生越来越多,学校就搬到白龙港西的黄矮弟的住宅,名为"五桥校",学生最多时有120多人。任课老师有蔡鹤鸣、施振球、杨唯章、许洪彬、金天姜等。

1942年8月中旬至1945年,黄矮弟一家受到日伪军的侵扰,逃难在外,学校停办。1945年秋,出生在苏北海门的施振球,由于伪军骚扰,难安于室,就跟了介绍人到黄矮弟办的五桥小学来任教。施振球到来后,黄矮弟花了不少精力物力,把学校粉刷一新。整顿好一切,委托他把学校重新开办起来。

黄矮弟对施振球的生活十分关心,甚至同他吃住在一起有三年之久,使他安心教育,无后顾之忧。1948年秋,施振球的苏北家人全部出来谋生,黄矮弟知道他的为难,又给他租好房子,为他家人介绍耕地,安排好一切,使他全家人过着较稳定的生活,使他能够安心为教育事业服务。后来在他的努力下,学校由单级变为多级，1949年后又由民办变为公办，实现了不断地发展。

1940年4月左右，地下党员蔡鹤鸣经中共浦东工作委员会负责人之一周祥同志介绍，到黄矮弟家中养伤。中共浦东工作委员会的领导和黄矮弟担心蔡鹤鸣暴露身份，就把他安排到学校教书。经过三四个月的悉心调养，蔡鹤鸣的伤痊愈后，黄矮弟亲自把他送回苏北根据地。1940年11月，淞沪游击队第五支队第四大队（简称"五支四大"）在浙江镇北增设了瀣浦办事处，蔡鹤鸣为主任。但蔡鹤鸣的名字还留在五桥小学，据《新港镇志》记载，蔡鹤鸣在五桥小学教学时间为3年。

在抗日战争期间，黄矮弟和地下党经常秘密来往，他开设的茶馆成了秘密联络点。茶馆由黄矮弟出资，茶馆的房子是潘金楼家的，在黄矮弟家对面。黄矮弟常把探到的敌情通过地下党情报员，传递给部队，使部队获得胜利。由于收集情报的出进人员来自四面八方，直接来回不方便。有一回，黄矮弟便悄悄吩咐店员潘金楼："从今天起整理出一个小栈房，腾出一间小屋，放好4张铺、1张桌子、几条凳子就够了。白天要关好门窗，晚上听到叫喊声起来开门，见客人不要问姓名、问工作，更不可以向外讲，严守秘密，坚持做好服务。"潘金楼听了，嘴上不讲，心里明白，他就一口答应照办。刚办好，晚上真有三四位客人来叫开门住宿。他们来后，互相也不说话，只管低头听汇报、做笔记。之后他们经常晚上来，天亮去，外人一个都不知道。

由于黄矮弟善于经营，生意越做越大。他先后置办了大小

8艘船，出海的4艘：第一艘高梢船是"新得利号"，载重约七八百担；第二艘高梢船载重约350担。每艘高梢船附一艘驳运船。内河有1艘船载重约100担，还有3艘丝网船。其中一艘最大的"新得利号"高梢船，它的外观与其他木船并无两样，但其舱底与众不同：船尾高翘，底舱平而高，中间有隔层，吃水深。后来这艘海船专门用来运送新四军，装载武器装备、其他根据地急需的药品等战略物资，海上遇紧急情况时也可用作隐藏人员。因当年专门往返于浙东相公殿、古窑浦和浦东、苏中等根据地，被江浙海上工作委员会和海防大队编为"1号船"。这船为革命立下了赫赫战功，谭启龙、何克希等前辈誉之为"南渡浙东第一船"。

谭启龙 　　　　　　何克希

黄矮弟附近的村民和亲戚朋友大多很贫穷，但生性敦厚老实。随着生意的逐渐发展，黄矮弟带领他们一起参与经营。他和几个儿子及其他几个港口的船老大、船工组成了一支出海的

班子，有黄富楼、黄顺楼、黄银楼、黄银根、朱阿火、薛根生、吴汉成、施阿江、施阿林、王能狗、潘金楼、严阿和、严奶狗、毛胡子、刘琴楼、郭福根、潘阿根、董春生、杨福生、吴中良、黄福根、奚进、袁召二、施忠成、吴阿乱、张金天、郁阿二、潘福根、朱阿妹、王金楼、吴金楼等30多人。这些人跟着黄矮弟为地下党、新四军的物资运输出生入死，为革命胜利作出了不少贡献。

1937年11月，上海沦陷。当时，在浦东来不及撤退而拥有新式武器、装备齐全的国民党部队不下万余，这应该给当时在上海立足未稳的日寇相当的威胁。可惜他们这伙人不去抗击日军，反而忙着干"大鱼吃小鱼"的勾当。数不清次数的大大小小的"内战"，抵消了有限的抗日力量。很多国民党"司令"与"县长"们，狼狈为奸，俯首帖耳地挂起了"太阳旗"。少数没有投敌的，有的逃亡，有的漂海，四处逃散。日军占据着大集镇，伪军有和平军、税警队、警察大队和当地的保安团。这些恶势力十分猖獗，烧杀抢掠无恶不作，浦东人民陷入了深重的苦难之中……

1938年，浦东建立起4支共产党领导下的人民抗日武装部队，一是周大根组建的南汇县保卫团第二中队（简称"保卫二中"），二是时任南汇县二区区长连柏生组建的南汇县保卫团第四中队（简称"保卫四中"），三是以宝山"小川沙人"陆阿祥（又名陆祥生）为大队长的边区民众抗日自卫团第四大队（简称"边抗四大""边抗四大队""四大队"），四是由蔡辉创建的奉贤县人民自卫团，他们与日伪军展开了殊死斗争。

周大根烈士像　　　　　连柏生　　陆祥生肖像（沈平绘制）

1938年12月16日，保卫二中的中队长周大根，在海滩边的汇角嘴率部与日军作战，战斗中包括周大根在内的28位同志不幸牺牲。黄矮弟知道后，请李阿舟、李阿国父子俩日夜赶做了几口薄棺材。因为是靠手工拉锯，速度很慢，赶制不及，黄矮弟又向徐家全、储贵彬开木作铺的叔叔借了棺材，用来安葬汇角之战的烈士遗体。

黄矮弟是个爱国的生意人，他常年奔走在浦东、浙东和苏北之间，耳闻目睹日本侵略者在祖国大地上恣意杀戮无辜，焚烧村镇，奸淫掳掠，无恶不作，百姓遭受到了前所未有的苦难。在这战火纷飞的岁月里，黄矮弟很想为国为家尽自己所能做一点事。

黄矮弟谙熟经商之道，他也爱广交各方朋友。从1936年开始，黄矮弟就先后跟地下党和一些进步人士有着密切的来往，他们有林有璋（1941年10月后改名林达）、林有用、储贵彬、奚德样、瞿剑白、张大鹏、朱亚民、秦小康、胡汉萍、金光、吴建功、连柏生、蒋树楼、戚大钧、刘路平、洪舒江、洪长洁、黄长兴、胡骏、茅铸九、蔡鹤鸣、谭启龙、张席珍、何克希、王艮仲、朱人俊、朱人侠、姜文光等。黄矮弟冒着生命危险为地下党收集、购买、运送枪支弹药，护送三五支队指战员和中央首长过封锁线，上北下南到处奔波，为浙东—浦东—苏北这条海上运输线的畅通起到了很大的作用，多次较好地完成中共地下党所交办的事务。

黄矮弟常年经商往返于海上。当时海上有海匪经常出没，打家劫船，有很多生意人暗遭毒手，弄得船毁人亡。

黄矮弟深知，自己在海上经商，还为共产党、新四军搞地下运输，那都是要掉脑袋的营生。1938年，黄矮弟思前想后，找到储贵彬（储贵彬1939年开始，为中共浦东工委"伪军工作委员会"从事策反工作），跟他商量说，张阿六（本名张惠芳）的势力强大，要是能拜张阿六为"先生"（青帮称呼，实为"过房爷"），既能保护自己，又能掩人耳目，为地下党做事情也有靠山。黄矮弟与储贵彬既是好朋友，又是邻居，两个人的关系特别好，像亲兄弟一样，因此征求储的意见。

储贵彬听后，认为事关重大，他与茅铸九初步商量后，立即向吴建功、姜文光等领导汇报了这一情况。

吴建功、姜文光何许人也？1937年，"八一三"淞沪抗战爆发后，吴建功在泥城筹建了浦东第一支抗日武装——泥城抗日保家卫国团（简称"保卫团"），他自任队长。同年底，吴建功与周大根、姜文光、姜文奎、陈文祥等一起进行抗日救亡运动。1938年春，在中共浦东工委领导下，吴建功的保卫团进行扩编，取得了南汇县保卫团第二中队番号。周大根任中队长，吴建功任中队副。

储贵彬　　　　　　吴建功

吴建功、姜文光等领导听到储贵彬的汇报，大家一致认为，当前首要任务是抗日活动，黄矮弟与张阿六如能结交，有利于今后采购军需物资、枪支弹药，掩护地下运输，因而同意黄矮弟的策略。

张阿六是江苏省川沙县顾路（今属上海市浦东新区曹路镇）人，以组织地方小股武装起家。1938年5月，日军占领川沙，张阿六通过吞并几股小匪，招募散兵游勇，遂成一方霸主。不久，投靠国民党第三战区司令顾祝同，得到武器和经费支持，后被委任为"边区民众抗日自卫团"[①]司令、"忠义救国军"司令等职。张阿六以浦东北部地区，包括南汇县北部、川沙县及高桥地区为势力范围。

张阿六部人马多，装备好，有各类枪支2 000多支，还有机枪、小钢炮等，并有海洋帆船队和泊浪里划船队，堪称水陆

① 根据各处记载，张阿六部队番号有多种称法，本文拟用"边区民众抗日自卫团"番号。

之劲旅。他控制着从川沙白龙港至舟山群岛、浙东杭州湾的广大海面。虽为草莽出身的张阿六,面对日寇的暴行,坚持抗击日伪政权,且成功地组织了几次较有影响的军事行动,成为中国共产党领导的抗日民族统一战线的团结争取对象。

为了推进抗日民族统一战线,八路军驻上海办事处(简称"八办")曾派地下党员梅达君同志去做张阿六工作。当时由于缺少与张阿六的疏通渠道,梅达君就请赵朴初帮忙。赵朴初通过在浦东高行镇开厂的朋友帮忙,约定了与张阿六的会面时间与地点。

1940年过完春节,梅达君由赵朴初陪同到达高行镇,与张

《申报》对张惠芳抗战的报道

阿六谈抗战形势，晓之以大义，劝其一致对外，团结抗日。经过劝说，张阿六不仅改善了与共产党领导的抗日武装的关系，后来还把其控制的海边五号沟码头提供给新四军"51号兵站"使用。1943年11月，张阿六部成功地炸掉了日军大场机场，1945年4月又营救了美军飞行员克莱德·斯洛克姆，得到了江苏省政府传令嘉奖，抗战胜利后还当上了川沙县县长。但张阿六也偶尔脾气暴躁，时常跟共产党领导的部队搞点小摩擦。

抗战初期，在上海盛行"青洪帮"式的认"过房爷"的风气。海上的人都在传，没有张阿六的名片，无论是谁的货物，都有被劫的可能。黄矮弟认"过房爷"只是利用这一形式保护革命利益。

张阿六早已听说过黄矮弟的名字，当听说黄矮弟要拜自己为"先生"，心中自有几分得意。因为此时的黄矮弟生意做得比较大，在江湖上也颇有些名声，有这样的"过房儿子"，能为自己增光添彩，黄矮弟向张阿六送上一份厚礼，很顺利地认了张阿六为过房爷。张阿六将一面小旗和自己的名片作为见面礼，送给了黄矮弟。

有了张阿六这面小旗做"虎皮"，黄矮弟在浦东沿海等地的活动比以前方便安全多了，他将张阿六的那面旗帜挂在桅杆上，大大小小的海匪只要见到这面小旗，无不退避三舍，一般的国民党部队或伪军也不敢造次。抗战初期，浦东沿海一带各种军事势力错综复杂，互相吞并的争斗时有发生，凡有针对我党抗日武装的动态，黄矮弟在得到消息后总是及时通知我党，以便我们有所准备。

黄矮弟利用张阿六这顶"保护伞"，为共产党做了很多事情。

1939年，国民党和日本军到处抓捕黄矮弟。因为他们发现黄矮弟虽是做生意的，但好像又在为地下党做事。敌人几次派特务盯梢，想抓捕他。黄矮弟在外得到消息，只好东躲西藏，不敢回家。由于地下党在东海一带的运输受到了影响，后来吴建功、连柏生、林有璋、胡汉萍、茅铸九等人一起商量后，找到黄矮弟的下落，传信要他回家。

黄矮弟得到吴建功他们传递的消息，立刻赶回家。他是有名的孝子，凡是外出回家，一定先去住在新港乡西边的母亲那里问好。但没想到，自己回乡的消息被敌人截获，当他刚到母亲那里，就被守候多时的一群凶神恶煞般的日本兵抓走了。他们说黄矮弟私通共产党，对他进行严刑拷打，百般折磨。黄矮弟咬紧牙关，坚持说自己只是规规矩矩做生意的人，从不做犯法的事情。黄矮弟被关一个月后，敌人没能从黄矮弟嘴里撬出有价值的供词，再加上南汇县各乡的乡长、保长等都去保黄矮弟，说他是张阿六的人，敌人才放了他。

获释的那一天，亲朋好友还有当地的百姓兴高采烈地一路迎接，鞭炮从黄矮弟家西边的棉场开始，一直放到他家门口，为他去晦气。就这样，黄矮弟又开始做起了名义上的生意人，东海地界的海上运输又恢复了正常。之后黄矮弟虽曾被多次抓去，受了不少刑罚，什么老虎凳、水没金山等，但最终敌人都因没抓到什么把柄，只能放人了事。

还有一次，黄矮弟出海刚回来，睡到半夜，只听见外面一片嘈杂声和猛烈的枪托砸门声，屋前屋后被人围得水泄不通，手电筒照得通亮，只听得他们大声嚷嚷，说找黄矮弟有事商量。

一家人被吓得大气都不敢出。黄矮弟的妻子严阿妹壮了壮胆，叮嘱黄矮弟别出来，她自己披了件衣服去开了大门。那群人二话不说，直冲进卧室，把黄矮弟从被窝里拖出来，并用绳子捆了起来。严阿妹见状在一旁大声喊着："把绳子松开，你们不是有事商量吗？怎么商量事情是这样的啊？"但是他们还是拖着只穿内衣内裤的黄矮弟就要走。严阿妹冲上前去扯开嗓子喊道："把绳子松开，商量事总得穿着衣服吧，你们也不怕这样坏了你们的名声吗？要再这样，我要喊人了……"他们被严阿妹的质问唬住了，就松了绑，等黄矮弟穿好了衣服，拽着他就走了。黄矮弟被抓走，生死难料，全家人顿时陷入深深的痛苦之中，但那次黄矮弟又被打得遍体鳞伤之后放回来……

常言道："男主外，女主内。""男主外"指的是男人顶天立地，要把家庭撑起来。"女主内"指的是女人要好好相夫教子，把家庭扶持好。黄矮弟夫妻俩就是这样，夫唱妇随。黄矮弟常年在外，为家庭生活奔波。黄矮弟的妻子严阿妹虽不识字，但是她聪明贤惠，心地善良，相夫教子，操持家务，是黄矮弟的贤内助。很多事情她嘴上不说，心里很明白，丈夫是在做不寻常的生意。她和黄矮弟生活了那么多年，从来都是支持辅助丈夫，遇事处险不惊，从容对待。黄矮弟经常带人回家，她总是很热情地接待，从不多问。客人大多是半夜来的，除了安排他们住宿，每次还要给他们做饭，来人少时几人，多时几十人，有时做两大锅饭还不够，她做饭仔细，有菜有汤。有时做饭一个人忙不过来，还少不了叫她大女儿黄凤琴帮忙，做好饭她俩就进房间。等到第二天天亮客人离开后，母女俩又一早起来洗碗刷锅，打扫卫生，从无怨言。

严阿妹对上孝敬婆婆，对下抚育子女，对外乐善好施。婆婆年轻时吃素，后来痴呆了，所以不再让她吃素，每天给她做炒鸡蛋、红烧肉、河鲫鱼嵌肉等菜。在兵荒马乱的年代，逃荒要饭的穷人特别多，黄矮弟对妻子说："如来（要饭的）人了，你要慷慨大方点，别让人家空手回。拿大袋的，给他们一些毛粮、钱；拿小袋来的，就给他们一些细粮；拿碗来的，就多给一些饭菜。"邻居们经常说这家太太真好，我们在她家地里帮佣干活，她从不苛刻，时间干长了，就叫我们坐一会儿，喝口水。

1940年5月初，朱亚民初到浦东。之后，中共浦东工作委员会（以下简称"浦委"）于1940年5月下旬，在金子明同志主持下，开会重新分工。新浦委的组成是：书记金子明；军事工作委员会书记朱亚民；民运工作委员会书记周强，直接领导地方党，后由陈文祥接替；伪军工作委员会书记朱人俊，委员张晓初；军事工作委员会，有两名委员，一位是张席珍，另一位是周萍。

朱亚民出生于江苏常州戚墅堰石家桥，早年积极投身工人运动。1937年任香港印刷业工会执委，监察委员。1938年3月加入中国共产党，任港厂党总支委员，组织部长。1940年2月受命率"抗日服务团"返沪，赴浦东领导抗日武装斗争。历任中共浦东工委委员，新四军浙东游击纵队淞沪支队支队长，淞沪地委委员等职。1949年后，历任松江军分区副司令员，嵊泗列岛军管会主任，江苏省工业厅厅长、党组书记，苏州市市长、市委副书记等职务。

朱亚民

大约在 1940 年八九月间，朱亚民在东海边活动时，被日本兵发现。朱亚民是从一艘装着棉花的船上出来的，日本兵一口咬定船主"通共"，丧心病狂地迁怒于船家，点火焚烧了一船棉花。又派人追踪朱亚民，从东海边一直追到白龙港边。

朱亚民一时无法脱身，一路狂奔到宽阔的白龙港边，河水挡住了他的去路。前有大河挡道，后有追兵，怎么办？不会游泳的他只得把心一横，纵身跳进了河里，挥动双臂拼命挣扎着向前游，眼看着他就要沉到河底了。这时，村民严黄根的母亲（严阿妹的大嫂）在河边的棉花地里除草，她看到后立刻把锄头柄递给跳河的人，并用力把他拖了上来。一听口音此人不是本地人，于是马上跑到黄矮弟家把情况告诉了黄矮弟。那天黄矮弟恰巧在家，听说是被日寇追赶的人，来不及细问，立即在家里翻出一套衣服，嘱咐她不要声张，先去把被救的人安排好藏起来。

黄矮弟一想，藏在这里不是办法，要是被日军搜到，还会连累乡亲。他立即请隔壁邻居郁阿二帮忙，想把被救的人送到邬家店野猫洞联络站的蔡家。但郁阿二一听，吓得直发愣，他说不敢去，要是被日本鬼子和国民党抓到，万一有什么三长两短，我死了倒也没什么可怕的，就是要连累一家老小，那怎么办？黄矮弟一看这情景，马上对他说："阿二哥，你放心，如果真出什么事，你一家老小将来我替你负责到底，让我的二儿子（黄顺楼）和你一起去，万一有什么事可以相互照应一下。"郁阿二也是明事理的人，之后总算同意了。

到了夜深人静的时候，黄矮弟就让儿子和郁阿二划了一艘丝网船，把朱亚民安全地送到了邬家店野猫洞的蔡家。第二天早上，两人带了一张名片回家，黄矮弟才知道被救的是淞沪游击队第五支队的朱亚民。

1949年后，郁阿二老人每逢人多的时候常给大家说，黄先生做的好事太多了，对我们太好了，我们都愿意听他的。他对乡亲太好了，经常救穷人，是个大好人……

组建新的海运码头

1941年7月,朱人俊的弟弟朱人侠带队伍到浙东,后发展成鲁南战区海上游击队第一大队(简称"海上游击队第一大队")。朱人俊9月带领伪五十团中的大批人马到浙东,组建了苏鲁战区暂编第三纵队(简称"暂三纵")后,海上游击队第一大队同时也并入暂三纵第一大队,大队长朱人俊,大队副张大鹏。1942年成立浙东区党委后,这两个"第一大队"的番号都没有了,但在三北游击司令部之下,有一个直属的海防中队。海防中队成立后,海上部队活动就改以浙东为主,在浦东这一带活动。1942年12月,海防中队扩编为海防大队,大队长张大鹏。这个海防大队(简称"海大"),堪称"浙东土舰队"。

朱人俊　　　　朱人侠　　　　张大鹏

海防大队是从1939年初奉命下海,到1945年浙东纵队北撤，前后经历了7年。海防大队的任务，首先就是确保海上交通。凡是商人的船只，海防大队就保护他们的安全。浙东纵队和浦东支队领导的南来北往以及部队的南进北返，全由海防大队负责。海防大队经常派出船只，在南汇的汇角嘴（今芦潮港开发区）、柘林、乍浦一带巡逻，目的是了解海上情况，扩大浙东纵队的影响，威慑土匪，确保海上安全；第二项任务是海上剿匪；第三项任务是保护沿海税收。浙东每个沿海港口，都有浙东纵队的税收所，保护港口船只的安全，保护三北财政委员会派出的沿海税收所，都是海防大队的责任。浦东沿海是游击区，除个别港口由浦东支队负责收税外，一般不收税。

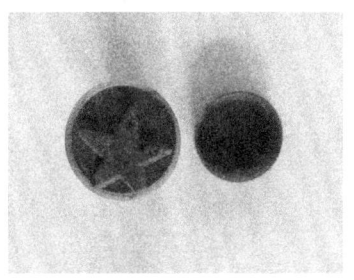

黄矮弟父子帮助海防大队收税的税章

当时南汇县抗日自卫总队第二大队（简称"抗卫二大"）的大队长是连柏生。张大鹏的流动队在祝桥、盐仓、老港一带捉汉奸、打海匪。但有的汉奸、海匪在陆地上被张部追得紧了，就乘船往海里逃，张部眼睁睁地看着汉奸、海匪堂而皇之地在自己眼皮底下溜走，无计可施。针对这一情况，大队长连柏生交给张大鹏一个任务,要求组织一支海上的游击队,控制浦东沿海的港口。

海防大队大队部驻地旧址

海防大队使用的海船

海上游击队的船，是向当地渔民、商人借用的。张大鹏借用了黄矮弟的1艘高梢船，由于黄矮弟要经常外出做生意，所以他请了连柏生的亲戚金阿妙，到"新得利号"船上（附带1艘驳运小船）当第一个船老大，金阿妙的儿子金大官也跟着父亲上船。金阿妙住在四团泓，家境贫寒，全家以海上捕鱼为生。由于长期从事海上捕鱼作业，他的航海技术十分高超，在东海地区是一名首屈一指的船老大。他和儿子一起，用黄矮弟的高梢船为地下党运输了很多物资，还多次往返浙东各地护送了很多领导人。

金阿妙父子俩为张大鹏部队所用，只吃饭不给工钱，他们的工钱完全是由黄矮弟支付的。后来由于地下党运输需求增大，张大鹏经常借船，黄矮弟直接将船送给张大鹏运输使用，金阿妙父子也随船过去帮忙了。

江浙海上工作委员会（一说华中局海上工作委员会，简称"海委"），都在南汇角子上没有断过人。黄长兴曾是海委委员，南汇角子上联络站、交通船来往都是由黄长兴同志具体负责的。

为了浙东、浦东地下党进出码头的安全，张大鹏、林有璋、金光、黄矮弟、胡汉萍、蒋树楼等人商量，亲自安排了几个港口负责人，尽可能负责到位[①]。

几位港口负责人是：

潘家泓、二灶泓：唐阿召

老港：蒋树楼

---

① 港口负责人，根据黄银楼20年前（现94岁）的回忆整理。

六灶港：王西毛（又名王鸿章）

小洼港：储贵彬

五号桥四灶港：黄矮弟

三灶港洋溢港：黄矮弟、薛根生

汇角子：薛根生、朱阿福、潘小芳（地下党员）

马勒港：朱新全

从1939年起，黄矮弟利用与张阿六的特殊关系，为中共浦东工作委员会的浙东新四军"五支四大""海防大队"等秘密输送人员。他的家就是海委最可靠的联络站，海委主要任务是接送干部和装运物资。干部中，有中央委员谭启龙、陈伟达和各省市领导黄知真、张凯、吕炳奎、刘若明等，上海这边的领导有如陆慕云、汤季洪等几位同志。据金光、黄长兴、茅铸九回忆，黄矮弟接送团级以上干部就有300多人，团以下干部就更多了。他以经商为掩护，把大批从上海采购的军需物资送到浙东、苏中等地区。运送的物资有药品、医疗器械、机电、收发报机、手摇发电机、纸张、印刷机械、电讯器材、粮食、布匹及武器弹药。为地下党和抗日武装部队开辟浙东敌后抗日根据地作出了很大贡献。黄矮弟的高梢船一直被张大鹏使用到解放舟山时，最终被炮火炸毁。

党中央的两份电报

1941年1月,皖南事变后,中共中央宣布将谭震林(1902—1983)领导的苏南新四军改称为新四军第六师,师长谭震林,领导浦东、浦西工作,并将浦东、浦西各单位统一起来,成立淞沪中心县委,以顾德欢(1912—1993)为书记,金子明(1915—1968)、吕炳奎(1914—2003)等为委员。

2月1日,中共中央和毛泽东主席发出第一份电报,对新四军在华中作战的战略部署做出了新的安排,明确指出:"关于浙东方面,即沪杭甬三角地区,我们的力量素来薄弱,总指挥部应增辟这一战略基地,经过上海党在该区域创立游击根据地(以松江等处原有少数武装作基础),中原局应注意指导上海党。"中央电报明确提出:要把"浙东方面,即沪杭甬三角地区",增辟为"一战略基地"。其中提到的"以松江等处原有少数武装作基础",即指淞沪地区党领导

谭震林

1940年10月，中共浦东工委扩建为中共淞沪中心县委。1941年3月，中共淞沪中心县委扩建为中共路南特委。图为中共淞沪中心县委成立旧址建立的纪念碑

的抗日武装青昆支队（又名"淞沪支队"）。

浦东地区的中共浦东工作委员会决定将外县武装斗争工作划归新四军东路军政委员会领导。外县工委书记沙文汉到常熟县董浜，将东路特委、青浦、嘉定、浦东3个工委及其所属抗日武装的组织领导关系，移交给谭震林。我党在浦东还有两支灰色隐蔽的武装，由中共路南特委和浦东工委领导：一支是新四军六师的地方部队淞沪五支队；另一支是中共浦东工委伪军工作委员会控制的伪军第十三师五十团的一部分武装。

浦委决定立即采取行动：一是建立浦东到浙东的海上秘密交通线；二是积极活动，以争取国民党部队薛天白的番号作为掩护。

任伪军工作委员会书记的朱人俊，1938年10月加入中国共产党，在中共浦东工委领导下，他利用关系打入国民党南汇县保卫总团，还打入国民党南汇县县政府，任县长夏履之的秘

书。1940年5月，任中共浦东工作委员会委员兼伪军工作委员会书记，分别派遣一批中共党员打入伪十三师五十团，仅半年多时间，在五十团掌握了6个连的武装，建立了5个连的党支部。后来发展到7个连的党支部。

1941年春，朱人俊接受了浦委为贯彻南进的方针，寻找国民党合法渠道的任务。他通过国民党南汇县县长夏履之，认识了国民党第三战区淞沪专员平祖仁，利用平祖仁与顾祝同、韩德勤的关系，争取到了与平祖仁驻浙东办事处——宗德公署联系的渠道，并拿到了领取子弹1万发、手榴弹500颗的领条。

但是，谁能够帮助找船和协助部队初探浙东的船老大呢？朱人俊想到了六灶港的蒋树楼。蒋树楼是当时浦东地区一个大盐商，他曾在夏履之任南汇县县长时拉过队伍，因此朱人俊早就认识他。1940年春，蒋树楼又在伪十三师五十团二营营部某连担任挂名连长，朱人俊的弟弟朱人侠奉党的命令，隐蔽到敌伪军的心脏里，在该部任连副，所以二人曾是同事关系。

那时蒋树楼一直在浦东与浙东之间贩运私盐，手下有熟悉海上的人，也能搞到船只。

为了打通与国民党宗德公署的渠道，朱人俊选派弟弟朱人侠代表他去初探浙东。为此，朱人俊陪同弟弟到六灶拜访蒋树楼，蒋树楼听朱人俊说明来意后，一口答应解决船只问题，并说："连副去，我派赵伯清、卢祥生两个最信任的人跟去，他们都很能干。"有他俩同去，朱人俊放心了。

同时，蒋树楼还向朱人俊介绍了在浦东沿海港口做生意的黄矮弟、吴德标、沈友初、金阿妙、金大官、庄永狗（又名庄锦章）等商人的情况，他们都同浙东商界人士有往来，希望可以相互照应。

于1941年3月，五十团二营八连派了1个班护送朱人侠到浙东，朱人侠顺利地完成任务，从宗德公署领来5 000发子弹、250颗手榴弹。

4月中旬，朱人俊第二次又派潘林儒、张大鹏、吴德标等带领少量武装人员，由黄矮弟驾着高梢船，南渡浙东探定交通路线，进一步侦察情况，并在薛天白处再次领取子弹5 000发，手榴弹500枚。

当时，正值日寇发起了宁绍战役，1941年4月宁波沦陷，国民党正规军闻风而逃。浙东三北地区全部落入敌伪手中，薛天白要潘林儒、张大鹏留下和他一起打游击，潘、张二人不愿意，率领武装乘着黄矮弟高梢船回到浦东，将情况汇报了浦委，浦委决定进军浙东。

1941年4月，毛泽东、朱德等同志给刘少奇、陈毅、饶漱石关于浙东单独成立战略单位的电报中说："1941年4月23日敌占宁波、奉化、温州、福州如系久占，你们应注意组织各该地区游击战争。有地方党者，指导地方党组织，你们派少数人帮助之；无地方党者，由你们派人组织之。从吴淞经上海、杭州、宁波直至福州，可以发展广大的游击战争。上海、杭州线的军事领导不可仅委托谭震林，他一个管不到许多，有单独成立战略单位之必要（此区大有发展前途）。"

宁波地区镇海、鄞县、奉化、慈溪、余姚等地相继沦陷，中共中央及时发出第二份电报，要求"发展广大的游击战争"，并指出"有单独成立战略单位之必要",称"此区大有发展前途"。谭震林按毛泽东等同志的电报指示指挥浦东抗日部队南渡浙东。

毛泽东和朱德

毛泽东、朱德等同志给刘少奇、陈毅、饶漱石关于浙东单独成立战略单位的电报

(1941年4月)

1941年4月23日敌占宁波、奉化、温州、福州如系久占,你们应注意组织各该地区游击战争。有地方党者,指导地方党组织,你们派少数人帮助之;无地方党者,由你们派人组织之。从吴淞经上海、杭州、宁波直至福州,可以发展广大的游击战争。上海、杭州线的军事领导不可仅委托谭震林,他一个管不到许多,有单独成立战略单位之必要(此区大有发展前途)。

毛泽东、朱德等同志给刘少奇、陈毅、饶漱石关于浙东单独成立战略单位的一份电报

顾德欢　　　　　　　　姜杰

吕炳奎　　　　　　　　金子明

5月初，谭震林师长为加强浦东武装斗争的领导，将淞沪中心县委改名为路南（因为管辖地区大部分在沪宁铁路以南，故名）特委，顾德欢为书记，姜杰（1899—1979）为副书记，吕炳奎、金子明为委员。浦东武装直接由路南特委领导。

"浙东第一船"勇立奇功

朱人俊安排的二探浙东，为浦委的南进决策提供了重要而可靠的依据，在此基础上浦委向谭震林作了汇报。

浦东的海岸线很长，设有很多商港、渔港，如潘家泓、二灶泓、四灶港、六灶港、新开港、小洼港、马勒港、五号沟等，均是通商的小港汊，位于杭州湾之北，对岸就是浙东地区，两地素有通商关系。浦东有很多商人同浙东地区有商业贸易的来往。

从浦东到浙东，最安全的路线是乘船过杭州湾。浦东海岸有一连串通商小港汊，海对岸就是浙东地区，只有一天的路程，比陆上走要快多了。但部队的人大多没出过海，上船就晕。海上风云变幻莫测，还有可能遭遇日军巡逻艇和海匪，困难重重，风险很大。但纵有千难万险，部队也要南渡浙东。

朱人俊担起了首批武装南渡的组织和指挥重任，他决定，通过做生意的机会掌握海上交通，到浙东建立落脚点，于是抽调姜文光、朱人侠率50余人为先遣部队，于5月初开赴浙东。

那时，黄矮弟经常来往于浦东、浙东之间，浙东沦陷后亦未间断。他打听到浙东沦陷区有两支部队较大，一是驻游源的

1941年淞沪地区抗日形势示意图

宗德部队,指挥官薛天白,一是驻庵东的忠义救国军陆安石部,其他都是一些国民党散兵游勇和土匪烧毛部队。浦委根据党中央"隐蔽精干,长期埋伏,积蓄力量,以待时机"的方针,指示朱人侠与姜文光到浙东后分头与这两部联系,争取利用他们的番号作掩护以站住脚跟,开展浙东抗日游击战争。

在1941年5月—9月,由中共浦东工委直接领导和控制的武装900余人,分7批先后由浦东南渡杭州湾,到达浙东,与当地中共领导的抗日武装一起，开辟敌后抗日游击根据地。在7次护送浦东武装部队南渡浙东的任务中，据浙东敌后抗日根据地海上门户《古窑浦》一书记载：浦东武装部队在相公殿陆续登陆的，还有朱人侠第一次率领50余人（枪），7月有姚镜人和陆阳率领的100余人（枪），8月有淞沪五支队10个常备队及直属区队100余人（枪），9月有朱人俊率领的350人（枪），同时还有由凌汉祺与王荣桂率领的100余人（枪），先后共7批，900余人和武器。南渡杭州湾时，搭乘的大多是由浦东船老大黄矮弟驾驶的高梢船。在这里记载黄矮弟自己三次护送浦东部队南渡浙东的情况。

《古窑浦》书影

1941年5月初，浦委根据谭震林的指示，朱人俊决定派朱人侠、姜文光率伪十三师五十团第三营第九连一个区队和淞沪游击第五支队一个班（班长孟张金）共50余人，为第一批南渡人员去浙东三北地区开辟根据地。但这么多人怎么去呢？浦委领导想到黄矮弟，请他帮忙找船南渡。黄矮弟考虑再三，觉得不妥，他说知人知面不知心，万一有人走漏风声，岂不前功尽弃。最后，他经过深思熟虑，想出了一个比较周全的方法说："没事，全部坐我的高梢船走，干脆让大家扮成张阿六的队伍，歪戴帽，斜背枪，嘴叼洋烟，满口脏话，坐在甲板上。开船时

黄矮弟（右）护送浦东部队南渡浙东记录

可以见风使舵，万不得已，我们就和他们干！"经过浦委研究，同意了这个方案。

5月10日，在天擦黑的时候，南渡指战员经过整装后，大摇大摆地来到小洼港东滩，登上了早已候在那里的黄矮弟的高梢船。上船时，大家吵吵嚷嚷，匪气十足。开船后，"匪兵"们在甲板上赌钱、喝酒、猜拳行令、吵吵闹闹，一路招摇过海。黄矮弟还特意做了一面特大的张阿六队伍的黄旗插在船头，船后还插了一面日本"膏药旗"，气派很大。船过杭州湾的滩浒山、雪焦山时，遇到两批伪军巡逻艇，还遇到一艘海匪船，但他们以为这是张阿六亲自出巡，船只交会时，还拉响三声汽笛，以示敬意。黄矮弟的高梢船顺利地渡过杭州湾，南下至浙东余姚西北与上虞交界的沿海地区十六户湾（现属浙江省宁波市余姚市黄家埠镇十六户村）登陆歇脚，分住在单金耀家及姚茂源米行等地。

浦东部队上岸处及部分船只

就在部队休整期间，日本鬼子巡洋舰从后海向十六户港口的内地打了十几发炮弹。刹那间，十六户百姓非常紧张，驻扎部队的两个岗哨和部分村民草屋被炮弹击中起火，村里百姓也有被炮弹片击中的。幸亏有浦东来的同志朱人侠、姜文光指挥战士们立即救火救人。此后，十六户百姓见到浦东来的部队，都如见到亲人一般，常常接指战员留宿吃饭。十六户成了浦东部队常来常往的游击根据地。

部队在十六户休整后，前往姚北相公殿（今浙江省慈溪市崇寿镇相公殿村）北面的海滨登陆。他们肩负侦查情况、立足浙东的任务。这次去浙东，由黄矮弟提供船只并担任向导，他与浙东姚北相公殿保长宣生敖和商行老板施元同熟悉，故此次部队进军浙东在慈溪四灶浦登陆非常顺利。

慈溪四灶浦（相公殿）

到浙东后，朱人侠与姜文光即分头去联系，朱人侠与薛天白打过交道；姜文光通过黄矮弟的关系与陆安石取得联系。但"忠救军"陆安石在做生意，无意扩充军队，故条件很苛刻，只允许编一个中队，而且中队长要由他指派。而宗德部队薛天白正在招兵买马，扩充实力，所以见浦东部队去非常欢迎。故浦东部队便决定利用"宗德部队"番号，当即同意把浦东来浙东的部队编为一个大队，姜文光为大队长，朱人侠为大队副，奚兴章任大队部副官，宗德部队指挥官薛天白还允许部队单独活动。那时宗德部队号称已有两个大队，第一大队是原"宗德公署"特务连扩编的，第二大队是收编的盐场税警，浦东部队加入后便被编为国民党第三战区宗德部队第三大队（简称"宗德三大"）。

浦东部队终于在浙东三北（余姚、镇海、慈溪三县北部总称）站住了脚，为后续部队的到来打下基础。这是黄矮弟完成的第一批第一船护送武装人员南渡浙东的任务。

浦东部队登陆三北

1941年6月，华中局打电报给上海的江苏省委转交谭启龙，要他到苏南找谭震林。那时谭震林活动在谭启龙的妻子严永洁家乡无锡周围的澄锡虞地区。谭启龙和妻子到家后，在离严家附近5千米的寨门找到谭震林。两人见面后，谭震林向他介绍了浦东的情况，决定将路南特委、浦东工委包括伪十三师五十团的关系，转由谭启龙领导，并给他两个任务：一是以浦东为跳板向南发展，扩大武装，开辟浙东根据地；二是日伪军在浦东"清乡"时，浦东武装可以向南转移，以便保存和壮大力量。谭震林已派遣姜文光、朱人侠渡过杭州湾在浙东三北站住了脚。

浦委根据收集到的情报，经过缜密研究，向谭启龙同志汇报了三北的情况。

据姜文光向浦委汇报："三北敌后敌人实力空虚，我党可以在那里开展武装斗争，并有建立抗日根据地之可能。"浙东的情况到底怎样？听了姜文光的消息，大家心里还是没多大把握。此时，隐蔽在伪五十团的三营营长茅铸九想起了一个人，他说："黄矮弟经常到浙东去，因他认张阿六为过房爷，平时出海做生意畅通无阻，对那里的情况比较了解，又与浙东商人比较熟悉，可以问问他。"

于是茅铸九约了黄矮弟，询问一些情况。黄矮弟相告："浙东'三北'地区沦陷后，日伪军还没来得及占领广大乡村，没有国军部队，也没有日伪军，只有小股土匪武装和散兵游勇拼凑起来的'烧毛'部队。如你们派部队去，当地老百姓一定欢迎，我愿意为你们做向导。"

茅铸九向浦委汇报了黄矮弟讲的情况，浦委伪军工委书记朱人俊和委员方晓、茅铸九、姜文光、吴建功等反复研究，对照了此前掌握的情况研究后决定，采纳黄矮弟的意见，由黄矮弟再次做向导前往浙东。

谭启龙根据浦委的汇报，与顾德欢、吕炳奎在上海决定派蔡群帆、林有璋也率部前往浙东。

为了安全，蔡群帆和林有璋又到五号桥找到黄矮弟，经秘密商量后，黄矮弟不畏风险，勇敢地接受了任务。于是，蔡群帆、林有璋率淞沪五支队一大、四大二中各1个中队共136人，沿用"五支四大"的番号南渡浙东。由于人员众多，为避人耳目，部队人员大部分预先分散隐蔽在附近的黄华天主堂（今浦东新区书院镇黄华村5组）、老港塘东区外四灶、五号桥（黄矮弟家乡）海滩出口处，然后陆续上黄矮弟高梢船。于6月16日南渡浙东杭州湾至余姚北四灶浦（相公殿）登陆。这是黄矮弟用自己的高梢船送"五支四大"武装人员至浙东的第二批。

部队登陆后驻扎在相公殿北盐场施元同和许深祥家一带。林有璋和蔡群帆率领部队南渡到浙东后，仍沿用淞沪游击第五支队的番号，称"五支四大"。

在游源，宗德三大驻有联络员，得悉五支四大到三北，就向"宗德部队"薛天白汇报，薛天白当即派出一个参谋张启来"笼络"。张启是浦东泥城人，与林达、姜文光本就认识，就把薛天白的条件（接受"宗德"番号，并由"宗德"负责给养，允许单独行动）说了一遍。蔡群帆见这条件不影响四大队的独立发展，也就同意了。于是，"五支四大"改用国民党第三战区宗德部队第四大队（简称"宗德四大"）的番号，但只限于对外使用。

1941年6月18日下午，宗德三大和五支四大在相公殿北盐场宿营，突然得到情报说，庵东日军出动36人，正向相公殿而来。我部立即转移至相公殿西约3华里的向天庵附近埋伏，做好战斗准备，并派出侦察员密切监视敌人行动。伏击的火力点就部署在塘南的义冢地和塘北的姚家、胡家、许家、向天庵一线。在胡家和许家各部署了一挺机枪，指挥的位置在胡家。后来有消息说相公殿南面的坎墩也有日军骚扰，为使塘南的部队免遭日军的夹击，便令其撤回到塘北，加强此处伏击力量。此战伏击日军，毙、伤日军共16人，我方无一伤亡。首战告捷，为胜利开辟浙东敌后抗日游击战争打响了第一枪，狠狠打击了日军的嚣张气焰，振奋了浙东民众的抗日信心。7月，"五支四大"在古窑浦建立了第一个具有政权性质的部队办事处。

相公殿战斗旧址

三北敌后抗日第一战纪念碑

1941年七八月间，平祖仁在上海被汪伪机构"76号"特务抓去杀了。平祖仁一死，国民党对十三师五十团更管不住了，五十团只是为了找掩护与平祖仁打交道的，并非真想归他管。平祖仁死后，"宗德公署"改为"宗德指挥部"，薛天白先自称指挥官，然后国民党第三战区才承认他的官衔。这时浙东刚沦陷，敌伪统治尚未建立，国民党鞭长莫及，力量也很薄弱，所以不受其管治的各色游击队很多。

根据这些情况，1941年9月15日，经中共浦东工委决定，中共路南特委同意，将隐蔽在伪十三师五十团的350余人及全部枪械拉出来，由朱人俊、方晓、黄明及何亦达率领，南渡到三北。

黄矮弟接到要护送方晓、张大鹏等前往浙东的消息，便立即接受任务。一大批指战员在南汇的马泐港海滩涂，分散登上黄矮弟及其他护送部队南渡浙东的海船。护送人员顺利地把他们送到了浙东余姚县的四灶浦（相公殿），让他们安全登陆。由于之前朱人俊等同韩德勤通电报，要他给部队一个番号，但他一直不给，所以朱人俊就自己搞了个"苏鲁战区暂编第三纵队"（简称"暂三纵"）的番号，由朱人俊任纵队司令。之后朱人俊又组织成立中共"暂三纵"工委，王仲良任书记，朱人俊、方晓及后来的吴建功任委员，实行灰色隐蔽，坚持敌后抗战。后来韩德勤承认了这个番号，称朱人俊为司令。这是黄矮弟的第三次运送部队南渡的任务。

浦东部队900余人南渡浙东后，1941年10月22日晨，宗德三大到横河附近准备伏击从观海卫运送棉花至余姚的日军。

至上午8时，未见运棉日军到来，宗德三大决定改变计划拉部队到横河街上进行武装宣传。接近横河街时突然遭到从余姚到横河的日军伏击，在不利地形下与敌血战一个半小时，大队长姜文光、大队副姚镜人等29人牺牲。从此结束了与宗德部队的关系，"宗德三大"番号取消，正式用"暂三纵三大"番号。五支队四大队也恢复了原来在浦东的番号。六师师长谭震林为加强党对浙东部队的领导，成立中共浙东军分会，吕炳奎任书记，王仲良、蔡群帆任委员；建立"暂三纵"和"五支四大"党工委，由王仲良、蔡群帆分任书记，统一领导三北地区抗日游击战争。1942年5月，浙东军分会组建南进支队，着手开辟四明、会稽山地区。

1942年6月，谭启龙、何克希等重要干部南渡浙东，谭启

浙东抗日根据地旧址位于浙江省余姚市梁弄镇横坎头村

龙由张大鹏陪同抵达南汇县大团镇与连柏生、张席珍会合，6月下旬，谭启龙、连柏生、张大鹏率五支一大100多人武装在浦东马勒港乘坐黄矮弟的高梢船，由黄矮弟雇佣的船老大金阿妙护送，一夜航行到达古窑浦。不久，中共路南特委书记顾德欢也到达，他们与中共浙东军分会书记吕炳奎会合，成立了中共浙东行动委员会，相继会见了中共宁属特派员王文祥、绍属特派员杨思一和海属特派员王起，向他们传达了华中局关于开展浙东敌后抗日游击战争、创建抗日根据地的决定，接上了与浙东地方党组织的关系。

1942年7月28日，中共浙东区委员会（浙东区党委）在三北宓家埭成立。由谭启龙、何克希、张文碧、杨思一、顾德欢任委员，谭启龙任书记。

宓家埭浙东区党委成立处纪念碑

1942年8月19日，成立浙东军政委员会，由何克希、张文碧、刘亨云、连柏生组成，何克希任书记。统一领导浙东地区抗日武装力量和政府工作。并建立统一领导浙东抗日武装的司令部，名义上称第三战区淞沪游击队三北游击司令部（后改称第三战区三北游击司令部，简称"三北游击司令部"）由何克希（更名何静）为司令，连柏生为副司令，谭启龙（更名胡志萍）为政委，刘亨云（更名刘云）为参谋长，张文碧为政治部主任。

三北游击司令部成立处——慈溪鸣鹤场金仙寺

1941年7月的一天，新四军浙东部队派了一名侦察科科长蔡海生，冒暑赶到浦东与地下党秘密联系，联络地点在四灶五号桥茶馆靠右第二个窗口，接头暗号是问："先生要住店吗？"答："不，浦东我有亲戚。"

第二天下午，一位跑街的生意人来到五号桥黄矮弟开的茶馆。此人属高个，年约30岁，穿件已泛黄的香云纱马甲，耳朵上夹支铅笔头，手上摇一把既能扇风又能遮阳的芭蕉扇，一口方言，说明他是老浦东。对上暗号后，他向蔡海生科长说："我姓朱，叫我老朱好了。"蔡科长开门见山，说他们买了一批军用物资，数量很大，急需运走，要求浦委支援，设法租用一条可靠的大船偷运出口。老朱说："我们已知道了。走，带你去找黄老板。"

浦东的东海，海上交通四通八达，来往商船如梭，南可到浙江、福建、广东，北可去苏北、山东、大连。浦东郊区，都是新四军、游击队的活动区，新四军所需的军用物费，生活用品，无一不从上海秘密采购，偷偷运出。地下党在敌人的眼皮底下经商开店，套购物资，运输的渠道五花八门，海上的、陆地的、内河的、买通"红帽子"① "黑帽子"② 车装船运，无所不能。黄矮弟的高梢船，就是从海上为新四军偷运物资的商船之一。

半小时后，老朱带蔡科长来到五号桥，找到黄矮弟说："你不是嫌生意小吗，现在给你介绍个大生意！"回头又对蔡科长说："他就是黄矮弟，有名的船长，他有一条新的高梢船。"蔡科长问："能否长期租用？"老朱打包票说："没问题，包给你了。"黄矮弟热情地邀请他们进屋谈，一听货物已弄到浦东，便胸有成竹地扳着手指算了一下说："再过4天就是阴历初一，天昏地暗，没有月亮，你们在三更天把货送到二灶

---

① "红帽子"是旧上海搬运工人称号。
② "黑帽子"是旧上海铁路工人称号。

海滩上船，天不亮就起航。"

晚上，老朱请蔡科长吃饭，进行密谈。蔡科长初见黄矮弟，对他的自信有些不放心，便说："这批货都是禁运物资，敌人控制很严，万一黄老板的船在海上碰到敌人巡逻队……"老朱不等他把话说完，便拍拍他的手背说："尽管放心，万无一失！"接着他把黄矮弟的情况作了介绍："黄矮弟是地下党经常联系的人，党组织已安排他拜了海匪司令张阿六为'老头'。张阿六在海上势力很大，有人说他是伪军的队伍。黄矮弟拜张阿六为老头子后，经常送人参、燕窝和金条等孝敬他，从此，他的船打着张阿六的旗号通行无阻，无人敢欺，而且他的高梢船装得多，跑得快，三面高杆大篷可兜三面劲风行驶，另外他还装了秘密机关，专藏珍贵物品和武器弹药。"

经老朱介绍，蔡科长舒了口气，放心了。

第二天清晨，黄矮弟驾驶着高梢船，一路顺风，向浙江余姚飞驶。谁知傍晚经过星罗棋布的小洋山群岛时，突然传来"突突突"的机帆船声，接着又传来洋铁皮喇叭的喊话："什么船？停船检查！"黄矮弟听出是伪军，不是鬼子，便放心地放下大帆，让他们的小船靠上来。上来一个伪军排长和两个士兵，黄矮弟笑脸相迎说："小弟的船装点五洋杂货，混口饭吃。弟兄们查吧！"伪军一听话头很硬，便用手电前后一照，发现船头上插着张阿六队伍的黄旗，口气马上软下来识相地说："我们是奉命行事，实在对不起。"黄矮弟叫人取出两条洋烟、两瓶洋酒，大大咧咧地说："弟兄们辛苦了，这点小意思请收下，都是自己人嘛！"伪军马上顺水推舟，"突突突"地把船开走了。

黄矮弟的海上运货中，不光会有伪军检查，也会遇到日军检查。1941年夏天，浦委交给黄矮弟一个艰巨任务：三五支队有一批武器要运到浙东，计有迫击炮2门、机关枪9挺、弹药20箱，还有10支驳壳枪和一箱日本乌龟壳手榴弹。当时黄矮弟生病在家，他的高梢船正在船坞维修。一听有紧急任务，黄矮弟一骨碌跳下床。老朱说："你有病，不必亲自出征，只借你的高梢船一用，我们从海防团派两名能手来掌舵。"黄矮弟迫不及待地说："为了抗日，我流血牺牲也要亲自去完成这个任务，何况我的机关只有我一人会使用。"他告诉老朱，最近日伪军派了许多兵，加强沿海的封锁，还设了几个检问所，盘查很严。他打算举行一次庆贺生日，发帖把驻扎在这里的日伪军的官兵全部请来喝酒。他们知道我是当地有钱有势的大船长，一定会高高兴兴来赶宴的，日子定在星期六的晚上。"趁他们大吃大喝之际，你们把拆装好的武器，用蜡烛油密封好，化装成渔民，摸黑搬到我的船坞！"

星期六的晚上，黄矮弟家中张灯结彩，大摆筵席，他身穿新衣，亲自为大家敬酒，新买的留声机里播放着梅兰芳的《贵妃醉酒》。酒过三巡后，有人大声通报说老头子张阿六派人祝贺来了，黄矮弟招呼一声，让大家慢慢喝，自己便去迎接。他手执电筒，出门后直奔小洼港，衣服一脱，20分钟就把密封的武器装入"机关"，一齐动手把高梢船推下海，扬帆而去。

当检问所的伪军久等不见黄矮弟回来，连忙出去寻找，发现黄矮弟的船已驶入深海远去。他们立即向日军报告，新来的日军"登陆"部队联队长吉太郎获得情报，立即派一个班鬼子开快艇追击，很快追到柘林把船截住。黄矮弟神态自若，客气地递上公文，说这货早报关了，是代老头子张阿六司令买的，都是日本来的五洋杂货，目的地是金山卫。鬼子不信，兜底搜查，当鬼子掀开舱板时，个个呛得咳嗽不止，眼泪直流。鬼子责问："装的什么药品？"船工回答："撒了老鼠药，回来时要为皇军装军粮。"鬼子把船上所有箱柜都拆开检查，装的是日本洋行的洋烟、花布、玩具等，检查了近1个小时，一无所获。黄矮弟点头哈腰地对日军小队长说："我是忠心耿耿为皇军办事，我家住五号桥，不信去查，如有半点坏心，可以'刺啦刺啦'我。"鬼子一看确实无违禁夹带，只好开快艇回去了。

鬼子走后，化装成船工的新四军刘指导员急得冷汗直冒，他问黄矮弟武器到底藏在哪里？黄矮弟神秘地一笑说："老朱知道我有机关。"原来，他的船底镶着钢板，钢板上装了10个钢钩，武器都钩在船底上了。

黄矮弟的船也不是每次都那么幸运，1941年夏，黄矮弟去宁波寻找储贵彬部，在金华地区碰上顽军艾庆璋（又名艾胡子）部，他们不管青红皂白就把黄矮弟的船只和船上的39人全部扣留，说他们通共。惨无人道的艾胡子部下对他们严刑逼供、拷打，把水往人肚子里灌，然后再在肚子上踩踏；还上老虎凳，要他们说出"通共"的事实。但船工们谁也不说，最后被一一杀害。只有19岁的黄顺楼,看到一个个活生生的人被血淋淋地残害,惊恐万状。当一刽子手把大刀架在他头颈要砍他脑袋时,他拼命大喊:"阿爸,救我……阿爸,救我……"刽子手见状,有点奇怪,就问他:"小子,你阿爸是谁?在哪里?"黄顺楼边哭边说:"我阿爸是黄矮弟,被你们绑在老虎凳上那个。"刽子手一听,连忙放下屠刀,他们之前听说张阿六有个过房儿子叫黄矮弟,这样看来,不能轻举妄动,如果得罪了张阿六,那可吃不了兜着走。他们连忙把绑在老虎凳受刑的黄矮弟放了下来,说:"弄错了,弄错了……"后来张阿六得到消息,出面把黄矮弟、黄顺楼和船工毛胡子(名毛锦元)3人保释出来。回到家里,九死一生的黄顺楼大病一场,差点丢了性命,一直养了好几个月才慢慢恢复。1942年11月18日至12月15日,在浙东的主力部队在姚北、虞北地区歼灭国民党顽军艾庆璋部2 000余人,取得浙东第一次反顽自卫战的完全胜利,巩固和扩大了三北敌后抗日根据地。

1941年9月,浙东海防中队经济困难,为解决刚到浙东部队的生存问题,部队派军需胡汉萍、程克明带一个排,押运两船棉花到南汇四灶港口,由黄矮弟把棉花放在他开的日用杂货店里售卖,然用卖棉花的钱买来粮食、物资,秘密装船,运往浙东。

有一次,黄矮弟接到上级通知,说在大佘山的部队面临断顿,急需粮食。黄矮弟急忙筹集了大米、黄豆等粮食,自己出海护送。在路途中,海上突发狂风暴雨,整个洋面变得茫茫一片,分不清东南西北,海水一浪高过一浪,冲进了船舱，这样下去船舱灌满海水，就会沉入海底。怎么办？在这千钧一发之际，黄矮弟沉着果断地让船工们把舱里的粮食一袋一袋扔到海洋里，整个船上的人都惊呆了。黄矮弟却说，人和船保不住，粮食怎么保住?! 只有扔掉部分粮食，才能保住船不沉！部分粮食扔掉后，船很快浮了起来，继续往前航行。大家顿时欢呼起来，总算是有惊无险！最后通过大家的努力，船在海上和风浪搏斗前行。几个小时后，船工载着剩下的粮食平安送达大佘山。首长们都出来迎接问候船上的人，大声喊着："你们胜利了！你们胜利了！"原来，部队已经缺粮好几天了。

然而此时黄矮弟一家老小和船工家属急得六神无主，他们出去好几天也杳无音讯，大家焦急地盼望着黄矮弟的船桅杆出现在海面上。几天过后，终于望眼欲穿地看到了那个熟悉的大篷杆，黄矮弟他们终于安全回来了！家人都激动万分，除了不能走的，全都奔跑到海塘边去迎接他们。黄矮弟家向来有很多家规，其中一条就是女人一律不能上船，所以女眷们跑到海塘边便只好企足而待，而男人们则欢跳着奔向海里冲向大船……

黄矮弟下船的第一件事，便是先向妻子询问母亲的情况，然后再问妻子家里是否都好，来过什么人，然后一家人便簇拥着他回家了。这次出海虽然遇上大风大浪，但是平安回来了。有个船工抢着说：这次多亏黄先生亲自上船指挥，否则我们全都要葬身海底喂鲨鱼了。黄矮弟却说：这次你们大家辛苦了，让你们受累了！一到家立刻吩咐家人杀鸡宰猪，给出海的人压惊庆功。周围亲戚朋友也都来祝贺黄矮弟平安归来，一时间，家里热火朝天，热闹非凡。

同年秋的某一日，第五支队军需胡汉萍率侦察员许培元、林锐、张宝生等10多人，携带了大批现款和物资，乘黄矮弟的船去浙东。当船到余姚海口时，突然遭到顽军国民党忠义救国军孙运达、李文元部的拦截。胡汉萍机智勇敢，他把现款绑在腰上，跳入水中，准备突围，不让现款落入顽军之手。幸好，来接应的五支四大和海防中队赶到，大队副林达和教官蔡群帆指挥部队狠狠还击，打退了顽军，保住了经费和物资。在战斗中，黄矮弟沉着应战，始终坚守在船上，直到安全完成任务。

林达

蔡群帆

1942年春，海防中队与张阿六部在六灶港外海发生枪战，张阿六部被打死一人，张阿六本人及支队长徐阿根中弹受伤。

我部无一伤亡,但战士金明宝被张阿六部抓去。当时,我部队(老三纵)执行"灰色隐蔽"方针,张阿六部当时也在打击日寇,也算是"友军",这件事如果公开,对我们坚持抗战不利。但这次作战,对扩大海大的影响,打开海上斗争的新局面创造了较好的条件,也不能轻言放弃。张大鹏思来想去,为有利于我们坚持浦东沿海斗争,决定请黄矮弟去做调停人,以使矛盾缓解。黄矮弟知道事情真相后,马上备上厚礼去与张阿六"讲情面",最后双方矛盾得以缓和。被张阿六部抓去的金明宝后来在白龙港被放回。黄矮弟这个"过房儿子"成功地当了一回调停人。

1942年春,在中共浙东海防中队张大鹏、政委吕炳奎的领导下,"协利昌"商行在老港镇顺利开设,为新四军、游击队护送革命战士,筹措与运送枪支弹药和急需的军需物资提供了方便。为了便于掩护,地下党秘密请黄矮弟等出资筹建商行,并协助做生意,地下党安排黄矮弟的同乡沈友初(沈友初对外称是黄矮弟的"过房儿子")在此管理。由黄矮弟、顾能官、蒋树楼、薛根生、朱阿火等搞运输,他们曾为山东新四军隋俊九部送去几十吨铁路钢轨。1945年5月4日,沈友初以协利昌商行名义,准备把印刷机、80令高级纸张送往浙东,但被特务发觉告密,大批日伪军对协利昌商行内外彻底搜查,然后抢劫一空,商行就此倒闭。

逃难生涯

1942年8月底，浦委和淞沪游击队第五支队第五大队最后一批南下浙东，没有武装的浦东成为"真空"地带。日伪开始对浦东进行大规模的"清乡"。这次"清乡"来势凶猛，敌人沿钱塘江湾的奉贤县钱桥开始，到川沙县的东海边合庆，途经川沙、张江、北蔡、三林、杜行、金汇、光明再到钱桥镇，围竹篱笆，全长约167千米，把奉、南、川3个县3/4的土地围困在内，企图把抗日力量彻底消灭。

清乡地区的重要通道设置大检问所，几十个次要通道配置小检问所，对来往行人、车辆及物资实施检查。浦东人民被日军搞得一片恐慌。老百姓下海捕鱼、出海做生意、上镇买卖，都要检查"良民证"。

日军在浦东到浙江的沿海海滩上，围起了200多里长的竹篱笆，一切来往商船必须在指定的港口、码头停靠，接受检问所检查后方可出海。但黄矮弟胆大心细，胸有成竹，每次装运军需物资时，总是偷拆竹篱笆，从海上驳运。

有一次，浙东新四军为了反清乡，从上海搞了一批武器弹药，急需运走，黄矮弟花钱请来一批青洪帮小弟兄帮忙。这些人看重钱财，要钱不要命，他们把伪装好的武器，通过"红帽子""黑帽子"的关系，从市区驳运到二灶泓港口，在夜深人静时扒掉竹篱笆,用小船驳运到停在海上的高梢船上,然后飞驶浙东。黄矮弟用这个办法运了5次,都顺利完成任务。

然而,到第6次的时候出事了,一个青帮成员有了钱就花天酒地喝醉了,在胡言乱语中泄露了机密,结果被日军在二灶泓港口伏击,连人带船一网打尽。黄矮弟在海上闻风扬帆逃往浙东,但他的浦东老家被抄,财产被劫掠一空。

黄矮弟无家可归了,只好把船开到浙东新浦圩暂住。但他万万没想到蒋、敌、伪合流,日军电告忠义救国军捕捉黄矮弟。黄矮弟对忠义救国军毫无警惕,不久便被特务捉去,罪名是:"勾结三五支队"。在审讯时,黄矮弟理直气壮地责问:"三五支队是抗日队伍,抗日有何罪?"并声称他的一举一动都是经过老头子张阿六司令同意的。忠义救国军当然知道张阿六这个人,得知黄矮弟是张阿六的"过房儿子",不敢得罪,又找不到他的罪证,弄得关也不是,放也不是。大约关了两星期,地下党通过在国民党三战区《前线日报》当总编辑的地下工作者宦乡同志出面保释黄矮弟,忠义救国军也就只得把他放了。黄矮弟一时不能回上海,地下党只好派地下交通送他到新四军海防中队。

储贵彬派人送信说,日伪军还要抓黄矮弟。他的妻子严阿妹得到消息,带领全家连同家里的帮佣共28人连夜出逃,一起躲进了五桥小学北面宽阔的棉花田、河道边茂盛的秆棵丛、芦苇荡暂避。家里只剩下一个看家的,有时做点饭,躲避着外面盯梢的敌人,半夜悄悄送去给他们吃。那时,严阿妹怀着身孕,即将临盆,她担惊受怕,度日如年。

8月18日晚,严阿妹的肚子疼得实在受不了了,感觉快要临产，就乘着夜幕悄悄爬回家。半夜时分，家佣帮忙接生了婴儿（黄素新），又翻出黄矮弟一条大裤裆裤子，找了一条带子把婴儿简易包裹了一下，严阿妹抱着婴儿连夜逃出。8月26日，有人送确切消息说已看到国民党张贴要抓捕黄矮弟和海委书记金光的告示，告示说如果抓不到黄矮弟本人，抓到一个婴儿头（出生8天的黄素新）也赏2万元。

严阿妹意识到这样在野外东躲西藏不是长久之计，在吴建功的安排下，严阿妹抱着婴儿带着全家人，从东海滩穿过日本人打的篱笆墙，赶到吴建功安排的王阿任平时做生意的海船上（可装350担货），乘船逃到白龙港表叔家。可是，由于人太多，一下子找不到那么大的房子容身，只好将船停靠在海边，让大家暂时在船上住了下来。28人中包括另外两个地下党员潘家连（她的丈夫王连生，也参加革命）和顾小新。潘家连家在南汇县万祥镇北三埭头，家有一儿一女，因夫妻俩都参加了革命，家中两个小孩没人照顾。后来两个小孩因病没能及时治疗，一个成了盲人，一个成了聋哑人。好在半个月后，在表叔的热情帮助下，一行人终于找到了临时住房，且全家人改姓宋，才躲过检查，安顿了下来。

那时，黄矮弟出逃在外，严阿妹身边又没有太多的钱，只好在街上买些南瓜、青菜等填饱肚子。严阿妹本来就是在坐月子的时期，身体虚弱，再加上小毛头每天哭着要吃奶，在那种情况下，吃不饱饭的严阿妹哪里有奶，只能喂糖水给小毛头喝。不久，严阿妹自己也得了胃病，吃一口吐一回，后来就落下了胃病根子。全家人在外一住就是2年8个月。过了风头，一家人终于回到老家。

但从白龙港回家不久,由于敌人没有抓到黄矮弟,又折回再次抄他家,黄矮弟的家人只好再次逃难到新港桃园瞿家宅,还是姓宋,一待又是8个月。和他们一起逃难的两个地下党员,由于当时形势很乱,他们一直无法联系上组织。

过了很长时间,身无分文的黄矮弟找到了家人,他向邻居借了点钱,不敢上医院,只能上街为妻子买一点药,但是效果不佳,他的妻子还是吃一点吐一点。后来又筹借了一点钱,带妻子去看医生,但效果甚微,严阿妹的胃痛一直没有治愈。

两个地下党员看到黄矮弟回来,把家人接回家了,他们才离开。就在那个时期,金光同志(1949年后任中共江浙海委书记)的家属难逃厄运,6个亲人都被杀害(包括金光的妻子)。

1982年,黄素新寻找到金光,希望他能给蒙冤的父亲黄矮弟写证明材料。提起逃难时的境遇,金光痛哭流涕,想起他至亲至敬的两个人,一个是黄矮弟;一个是他的爱妻。他颤巍巍地走到床边,在床边的箱内捧出一块用红布包扎的东西,一层层打开,给黄素新看。原来,里面存放着金光妻子的照片和骨灰。金光一直没有埋葬漂亮爱妻的骨灰。他的爱妻是个有文化的人,打扮得很时髦,也是一个革命者。

黄素新陆续还问了他父亲为什么没有入党等问题,金光说那时候局势混乱,在外干革命的,联系不到,只剩下几个,被日伪军追杀得不知去向等,总之,当时的情形一言难尽。

智筹物资　护送领导

三五支队的常备大队是 1943 年 11 月组织起来的,由打入伪军中的我方人员抽出来,并策反一部分表现好的伪军组建而成,当时属中队建制。

常备大队以谈家店、万祥镇为中心,活动范围是南汇县的一区和八区交界地区,后来扩大到八区的泥城和彭镇等地,那时在八区,除外三灶、里三灶有黄矮弟及王彭生等在海里面放"哨船",以及泥城角附近李雄宝的土匪武装活动外,其余地区革命活动基本上是空隙。所以浦东支队(1943 年 5 月,部队由原来的番号"淞沪游击第五支队"改为"浦东支队")支队长朱亚民决定在这个地区成立常备大队,由杨明德任大队长,王利生任大队副。部队成立后,得到了黄矮弟、阮杏梅等一些地方势力的支持。黄矮弟送了 7 支步枪,还把原来在徐家杰部队的人放在他那里的枪也一起交给了常备大队。王利生也从家中取来 7 支步枪,动员万祥镇的蔡桂兴拿出 7 支步枪。王利生还从金阿庆妻子那里搞来 2 万发子弹,常备大队成立不久就发展到 100 多人,还筹集了一部分武器弹药。

1944 年 5 月 10 日(农历四月十八),张席珍率领杜锐、陈也男、俞叔平、俞曼平、倪峻和报务人员刘文祥、王光、周岚、小李子等 20 余人,携带电台,乘黄矮弟的海船,在南汇泥城芦潮港处登陆，第二天到达界河以南奉贤县的瞿家宅的支队部。姜杰也差不多在这个时候来到了浦东。张席珍此次重返浦东，担任了浦东支队副支队长兼参谋长。因为带来了电台，浦东支队与上级联系就方便了。

王艮仲

1945年，出生于江苏省南汇县大团镇（现属浦东新区大团镇）的王艮仲（当时南汇县有三大士绅，人称天、地、人三大王，天王是王艮仲）从重庆回到上海，在浦东进行建设新农村的实验；在上海市内，兴办经济和教育文化事业。王艮仲首先找黄矮弟帮忙，在老港当地人称九间头厂的地方兴办农场（就是现在的棉场位置）、信用社（当地人称"合作社"）。由王艮仲和黄矮弟，还有一些生意人和当地老百姓投资。农场机械师是林大福，开打水机的是黄火楼。后来部队北撤时，拖拉机、下种机等全部拉到苏北。剩下的东西拿到黄矮弟的盐行卖掉了。由于农场赊账太多，黄矮弟就把剩下的账目和阮杏梅两人垫资结清。浦东部队北撤后，王艮仲离开了信用社，信用社就由黄矮弟和他三个儿子打理业务。

1945年8月15日，日本宣布无条件投降。地下党在经济遇到了很大的困难，需要很多的资金和粮食。有人送信给黄矮弟说了困难，黄矮弟立马卖掉家里所有收成（粮食、棉花及大豆），给部队筹集资金，但缺口还是很大。

就在黄矮弟一筹莫展时，他想到了宁波有个日本人看管的储盐的大仓库，如果能搞到那里的盐卖掉，不就可以筹到资金了吗？于是他找到了胡汉萍、朱阿火，几人经商量后，连夜开船奔向那里，他们到了盐库后，骗取了守大门的日本兵的信任，说是政府派来的代表来接管盐库的，几个日本兵听后，立刻把钥匙交给他们并撤走了。他们赶紧把盐库里的盐全部装上了船并顺利返回。

几天后，黄矮弟把运来的盐送到各大商场换成现金，由胡汉萍、朱阿火两人将现金送到宁波革命根据地。但他们乘船刚上岸不久，就碰到了日本兵。他们挑着两小麻袋钱，被敌人追赶着拼命奔跑，眼看就要被他们抓住，胡汉萍看到地上有块砖头，他捡起来并给朱阿火使一个眼色，把砖头用力扔向追赶他们的敌人并大声喊："手榴弹来了！"敌人只听见喊声，一时间来不及看清扔过来的东西，以为是真的手榴弹，全都立刻停止追赶，迅速一动不动地趴到了地上。朱阿火在胡汉萍的掩护下趁机狂奔，跑了一段实在是跑不动了，正好前面来了个盐民，他挑着一对大木桶，朱阿火见状，立刻叫住他，把他桶里的盐倒了部分出来，然后把装钱的两个袋子放进了他的桶里，上面再用盐盖好，告诉他里面是革命根据地要用的传单，并请求他赶紧把它们送到一个叫施元同的大商人家里。那个盐民一听，二话没说挑起担子撒腿就跑。等到胡汉萍、朱阿火两人甩掉敌人后，找到了黄矮弟的朋友施元同家时，那两袋钱已经被那个盐民安全送到了。遗憾的是，那个盐民留下东西后，就匆匆离开了。后来黄矮弟一直托人打听，但都没有打听到这位无名英雄。

胡汉萍和朱阿火去送钱的那几天，黄矮弟急得像热锅上的蚂蚁，不停地在家里来回踱步，几乎不出门。直到他们再次出现在黄矮弟面前，黄矮弟的心才落了地，他立刻叫厨房安排饭菜给他们庆功。

朱阿火和薛根生他们俩都是黄矮弟手下的人，他们也非常可靠，而且他们自己家各有一艘船，在当地叫"沙飞船"，船虽小，但是走势很快，黄矮弟和张大鹏、林达、储贵彬、胡汉萍等几位部队的负责人商量后，决定把朱阿火放在马勒港地界负责收税事务，把薛根生安排做内当家，在码头上处理一些进出的事。他们工作都很认真，碰到什么问题总是随时找黄矮弟汇报商量，他们为地下党也作了不少的贡献。

在四明山成立革命根据地前后，朱阿火和薛根生的船基本上都以做生意为名，为地下党服务，几次护送部队和地下党干部及武器到四明山，其中有张大鹏、黄华等，乘坐黄矮弟的船和另一艘高梢船到苏北根据地的。有一次，在护送张、黄二人去苏北时，半路上碰到了国民党的船，结果和他们打了三天三夜，敌人死了1人，伤了很多人。黄矮弟的船没有事，尤其把张、黄二人保护得很好，因为船老大和船工都认识他们，把他们藏在船头里，最后是黄矮弟的船亮出了张阿六的小旗向他们解释，他们才停止了枪战，说原来是误会了，自己人可以放行。黄华上岸后给了朱阿火一张名片。

朱阿火是果园外中村人。有一次，他路上碰到了一个身穿西装行为非常可疑的人，他马上来报告黄矮弟，黄矮弟听后马上找到倪春新来辨认，原来此人是三五支队的，他曾在战场上受伤过，后来在上海医院治疗时被日本鬼子抓去，受不了严刑逼供，叛变了。在北三灶打仗时，他出卖了地下党，造成我方牺牲了不少人。黄矮弟听后立马通知了三五支队的指导员夏晓堂，夏晓堂请示了上级后下令就地解决他，当地的百姓抓住他后用田刀垒死在海塘下的六丈头那个地方。

北撤中的"高梢船"

1945年8月下旬，日本宣布无条件投降，第二次世界大战结束。9月14日，日军离开诸暨，国民党军队当天就占领诸暨。南京、上海、杭州、绍兴、宁波、衢州、金华、台州、温州、福州等城市都被国民党军队占领。中共中央根据形势的急剧变化，不多久又给华中局发电报说，根据国共两党力量对比，决定长江以南的大城市不作占领。8月21日，中央电报上又说国民党空运部队已占领了上海，中央决定停止筹备之中的上海起义。同时，国民党部队已到了杭州海盐、海宁一线，估计部队很难北撤，所以又决定淞沪支队主力南下，与浙闽部队会合，开辟闽、浙、赣根据地。

为了争取国内和平，8月28日，毛泽东、周恩来、王若飞飞抵重庆，与国民党进行第三次国共谈判。根据国共谈判协议精神，9月19日，中共中央作出"向北发展，向南防御"的战略部署。9月20日，中共中央决定：新四军浙东游击纵队，除留下秘密工作者和少数秘密武装坚持原地斗争外，全部北撤，越快越好。9月22日，浙东区党委对北撤做出了具体详细指示，明确浙东纵队各路大军集中浦西青浦重固，然后越过沪宁线，渡江北上。在此期间，新四军浙东纵队根据上级指示，不断调整战略部署：先是准备配合苏浙军区，夺取南京、上海、杭州等大城市；接着又决定兵分两路，一部分坚守浙东，南下会合浙南部队；最后决定，浙东、苏南、皖南的新四军主力全体北撤。

1945年9月20日，中共中央在《关于撤退江南部队向北进军问题给华中局的指示》电文中指出："同意你们提议浙东、苏南、皖中部队北撤，越快越好，此事已在重庆谈判中当作一个谈判条件向对方提……""浙东部队及地方党政立即全部撤出，只留秘密工作者和少数秘密武装……"

9月22日，华中局及新四军军部以"张饶致粟叶并谭何"的名义就北撤的步骤发来电报，指出："奉中央命令，浙东部队及地方党应立即全部撤……"

浙东部队北撤分3个渡口为姚西大丁丘、庵东四灶浦、慈北古窑浦，三北东区渡口为古窑浦北边的高背浦、下高背，三北中心县委书记员黄知真任渡口总指挥。

中共浙东区党委为贯彻中共中央和华中局对江南8个解放区的部队（包括浙东部队）北撤的命令，在上虞肥城召开了扩大会议。会后，纵队首长命令海大全力以赴立即筹措渡海船只，

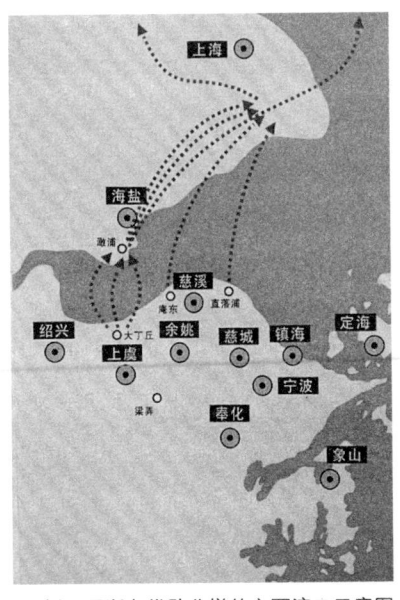

新四军浙东纵队北撤的主要渡口示意图

保证部队和地方干部1.5万人顺利渡海北上，目的地是苏北根据地。三北地委书记王仲良向张大鹏严肃指出：这是毛主席亲自决定的，是关系到浙东部队生死存亡的大问题。接受任务后，张大鹏马上召开干部会议，进行传达、组织分工。当晚海大兵分三路：一路负责杭州湾北岸，自奉贤柘林、漕泾、乍浦、澉浦、黄大关至海宁一线；一路负责杭州湾南岸，由庵东、段头湾、沥海所、曹娥江口、绍北沿海直至钱塘江大桥附近；第三路由政委吕炳奎负责自姚北、新浦、龙山、蟹浦至镇海口附近。任务重，工具少，他们只能发动群众，很快5天内征集到民船百余艘。海大在浙东最后撤离到浦东集结待命，等部队全部过了长江，再电告何时北撤。于是，海大即转向老基地南汇六灶港待命。

9月30日傍晚，在浙东的谭启龙政委和谢忠良副参谋长、连柏生行署主任率司政机关和党政干部、警卫大队等2 000余人首批北撤，下船前公布了《忍痛告别浙东父老兄弟姐妹书》。10月6日13时，浙东纵队副司令张翼翔、参谋长刘亨云和支队政委钟发宗率四支队和三支队一部登船北渡；最后一批是

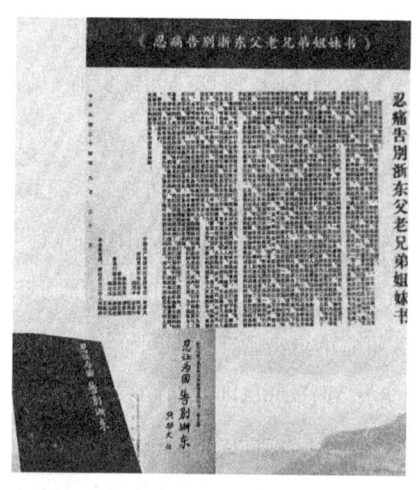

谭启龙率部在古窑浦附近高背浦挥泪北撤，公布告别书

黄知真率领的三北独立团，于10月7日晚9时在此启程，因遇台风在10月11日才到浦东奉贤。

浙东部队主力北撤，需要船只护送。当时的形势非常紧张，事关生死存亡。张大鹏突击租用民船，一下子就租用70多条，加上苏北和山东前来接应的，共动用了上百条船。

黄矮弟的1号船一直给张大鹏部队使用。接到张大鹏还需要船的消息时，黄矮弟二话不说，立即把家里的一艘船连同船老大、船工都交给张大鹏，帮助运送北撤的部队。这艘船的船老大是杨福生，船工是严奶狗、刘琴楼、郭福根、董春生、潘阿根、吴中良7人。黄矮弟嘱咐他们把部队送到北撤落脚点后赶快回家，以免家人担心。杨福生和船工们把部队送到目的地后，部队首长担心他们的安全，所以将他们挽留下来，想等局势稳定后再让他们回家。但是，黄矮弟和船工们的家人却一天

北撤途中在青浦白鹤镇书写的标语

一天等待着，可就是音信全无，都以为他们离开了人世。黄矮弟久等不见这些人回家，整日寝食难安，度日如年。他常常一个人独自站在东海边向远处眺望，希望能有一天他们平安归来。他还托付一些经常外出的朋友，打探北撤部队和这些人的下落，可就是毫无消息，这些人生死未卜。他们守家的家属生活都很困难，黄矮弟为此事内心愧疚不已，自己担起了这些责任，定期给他们生活费，以渡难关。过了2年8个月，那些船工们突然驶着高梢船一个不少地回来了，而且个个都身体健壮，红光满面。家属们无不喜出望外，欣喜若狂，热泪盈眶，大家奔走相告。黄矮弟见这些船工毫发无损地回家，也满含热泪，深感振奋，立刻在家里设宴，给凯旋的船工们接风洗尘。

倾力相助

1945年日寇投降后，原五十团所属的储贵彬部，已被改编为"交警"十八纵队所属的一个连。因刘路平指示储贵彬撤出"交警"回浦东（原驻常熟一带），1946年6月，储贵彬便撤出"交警"，回到南汇县小洼港家里。顾德欢知道他回乡后，即由刘路平陪同，会见了储贵彬。他们要求储贵彬力争出任南汇县的"保安大队长"，但因"保安大队"是伪县长徐泉从省里带来的"保驾"武装，最后，储贵彬只能经由南汇县府同意，先出任大团镇镇长。

储贵彬任大团镇镇长后，即成立了约有20人（枪）的大团镇"自卫队"，同时其地区所属的如彭镇、马厂、泥城、黄路等乡，也在储贵彬、奚德祥的策动下，先后建立起自卫队。

自卫队在一段时间里发展比较快，后来扩展到惠南区二团乡、书院乡和新场区坦直乡。地下党派党员打入新场区自卫队，动员了与刘路平以往有关系的顾琴堂、季福坤去新场和北三灶筹组自卫队，派朱林森去川沙县属的横沙岛搞海上"自卫队"，拟建立一支由我们掌握的"土海军"。

大团区自卫队人数几个月间由20余人，骤增至100余人。人员是多了，但是武器从哪里搞？

有部队，就要有好的武器弹药。储贵彬想到了黄矮弟，希望黄矮弟利用常年在外而结交的人脉关系，帮助搞一点武器。正在此时，没想到张阿六找到"过房儿子"黄矮弟，要将10支三八大盖步枪送给他。黄矮弟见张阿六主动送枪，不知何意，担心其中有诈。再说，如张阿六以后问起武器弄到哪里去了，又该如何应对？

黄矮弟虽然曾跟张阿六偷偷买过几次枪，没出啥问题，但这次他还是小心翼翼地询问张阿六原因。张阿六说黄矮弟帮他不少忙，作为答谢礼物，没别的意思。于是黄矮弟赶紧拿下10支枪，回家后统统送给了储贵彬。不久，张阿六又找到黄矮弟，说是缺钱花，要卖军火，又不能把枪卖给不信任的人，要知道，贩卖军火毕竟是生死攸关的大罪。于是张阿六直接把自己信任的黄矮弟带到武器室，让他自己挑选。黄矮弟一眼看中了2挺崭新的美式重机枪，花大价钱买了下来，送给了储贵彬部。并答应张阿六如以后什么需要帮忙的事，"过房儿子"定会相助。

储贵彬用黄矮弟的船，把这批武器交由张根全等武装护送，从上海送到江北苏区武装部队。

1947年1月13日（农历12月22日），家住东海滩的黄矮弟为三儿子黄银楼举行了一场声势浩大的婚礼。

黄银楼20岁刚出头，若论婚娶也算不上大龄，如今竟匆匆在父亲操持下，与大自己5岁的一位姑娘结了婚，其中有何玄妙？

黄矮弟是个"三通"人物，通国民党、共产党、生意人。他以生意为生计，为方便替抗日武装力量运输物资，认了张阿六为"过房爷"做靠山。

张阿六出生在川沙，在浦东地方上知名度颇高，特别在川沙、南汇沿海一带，几乎无人不知，无人不晓。在众人眼里，他是个心狠手辣的土匪头子。老百姓提起他无不头皮发麻，心惊肉跳。甚至在那个年代，有小孩哭闹，大人实在无法哄劝时，就大喝一声：张阿六来了！哭闹的小孩立即睁着惊惧的眼睛，吓得往大人怀里钻，再也不敢哭出声来。

但是在日本侵略者大举侵华时，张阿六保持了作为中国人的民族节操，他坚守在浦东沿海地区抗击日伪，成功地组织了几次较有影响的军事行动，成为中国共产党领导的抗日民族统一战线的争取对象。

1946年初，张阿六部与其他部队共同被改编为"交警十八纵队"，郭履洲任总司令，张阿六任副总司令，进往常州、镇江等地，主要是牵制在茅山、鸡笼山的新四军活动。由于他的部属孙新民作奸犯科，被国民党国防部枪毙，张阿六心灰意冷，回到川沙。

1947年，张阿六兼任"江苏省第三区督剿委员会"常务委员兼第一督剿组组长，管辖川沙、南汇、崇明三县的"督剿"共产党的地下活动，办公地点设在南汇县政府内。

对于张阿六这个既参与打击日寇，又经常与共产党搞摩擦的非敌非友的多面人物，浦东地下党领导深感危机。他回川沙到浦东搞"督剿"共产党的消息，更使浦东地下党领导烦恼。为了浦东革命工作顺利开展，与张阿六尽量减少摩擦，储贵彬和吴建功等领导经仔细斟酌研究，决定借助于黄矮弟与张阿六之间的特殊关系，让黄矮弟以婚宴为名邀请张阿六赴宴，然而从中周旋，把他作为团结的对象，争取张阿六，减少革命工作方面的损失。

黄矮弟乘着这个机会,把张阿六和储贵彬,还有吴建功、金光、瞿剑白、林有用、蔡鹤鸣等,包括各方做生意的,凡能邀请的都邀请了。

但是,平常人看着财大气粗的黄矮弟,此时其实已财源枯竭,甚至,他连给儿子买结婚礼服的钱都没有(时至今日,94岁高龄的黄银楼对此事念念不忘,经常提起储贵彬为他买结婚长衫的事)。因为黄矮弟家里大部分资金都奉送给了抗日前线。

黄银楼结婚当天,张阿六带着他的部队,还有储贵彬部队以及其他几路人马,都不露声色,浩浩荡荡前来参加婚礼,热烈祝贺。有身穿长衫外套马褂的,戴大礼帽的;有短袄的、军装的、便衣的……鱼龙混杂。在一块空旷的场地上,停了足足24辆军用摩托车,几排自行车,附近的海面上浩浩荡荡停满了大大小小的船只。

为了喜宴的安全,从五号桥东堍北侧的"同顺兴"盐行开始,跨过白龙港,到黄矮弟的五桥小学最西边的一排横、一排竖的副舍,在长达近千米之间,有穿着不同军装的部队,荷枪实弹,站岗放哨,紧紧地把四周包围得水泄不通。

才6岁的黄素新,看见穿着不同军装的人物把家团团围住,惊恐万分,跑到父亲跟前问父亲:"三哥结婚,为啥来的都是拿枪的,我害怕!"父亲说:"别怕,小姑娘,他们都是我的好朋友,一方面是来喝喜酒的,一方面是保护我们的。"

在那个特殊年代,黄素新还是很幸福的。在父母亲眼里,是掌上明珠,亲戚朋友到来后,都会抱着她,宠着她,不管是玩的吃的都是先给她。在大家闹新房时，她一次又一次地要喜果吃，有甘蔗、糖等。黄素新要到喜果后，就跑到外面去和侄儿侄女们，还有另外的小朋友分享。

那时，没有电灯泡，用的是汽油灯。黄矮弟的四儿子黄志伦，在家中他主要负责的工作是给汽油灯打气加油。家里的留声机也由他负责，他把整箱的唱片放一边，不时翻看，给留声机更换唱片，江南丝竹，动听悦耳；优美动听的歌声在一个不起眼的小镇上空久久回荡。另外一项工作就是给煤炉加煤炭。在那个偏僻的小乡村，黄志伦也为其他人家做过这些事。

后来，黄素新长大后听大人们说，哪支是储贵彬部队，哪支是张阿六部队。黄素新搞不懂，他们俩本来就不是一条道上的，为啥把他们都请来？后来才知道，因为父亲公开身份是张阿六的门生，要接送部队首长和战士，为中共运送枪支弹药，要和张阿六搞好关系，让国民党更加信任他。

黄银楼对此次婚事感觉不解，他曾问过父亲，为什么这么匆忙让他结婚？黄矮弟回答：这是政治需要，你以后会慢慢明白的。黄银楼不知何意，但对父亲的崇敬让他欣然同意了这门婚事。

热闹的婚宴举行了三天三夜。如此排场的婚宴，使国民党不敢小瞧黄矮弟，也使张阿六对自己这个门生刮目相看。

1990年春，张阿六曾回川沙探亲，托朋友来寻找黄关根（黄矮弟）的下落。可惜，等黄矮弟的子孙们得到消息去寻找他的时候，相差一天时间，张阿六已回美国。没过几个月，张阿六病死在美国。

护送一位特殊的女同志

1947年夏，常年出海经商的黄矮弟突然把所有业务交代给他人管理，自己连续半个多月留在家里，带领全家老少日夜虔诚地供奉妈祖神像，使一家人百思不得其解。

妈祖文化是有深远历史渊源的民间信仰，是珍贵的文化财富。清光绪末年，东海之滨南汇嘴的商家，在海边建造了一座天妃宫。建成的天妃宫有正房5间，内供奉妈祖天妃神像，天妃神像两旁是"顺风耳"和"千里眼"神像。神像中间悬挂金字牌匾一块，刻有"灵照四海"4个字。宫的两边备有厢房。宫外设铁架灯塔一座，不管刮风下雨，夜间灯塔上点的灯提示船家要避让沙带，以保平安。清宣统末年（1911年），天妃宫毁于大风潮灾。不久，经上海木商公司筹款，在原天妃宫的西侧重建天妃宫。1950年，天妃宫内神像被毁，庙宇移作他用。后来庙宇建筑悉数被毁，仅存石碑一方。

每天清晨，黄矮弟穿戴整齐，还要求家人穿戴像节日一样，洗刷干净，保持衣服的平整和清洁。他亲自在家擦洗供奉神像的台子、凳子，点燃斗香（底座四方形，像饭盒形状，上面插着很粗很长的香），还带着家人虔诚地跪拜祷告，不得喧哗。三炷香完毕，大人们都外出劳作，留在家的老少继续跪拜，一直持续到中午，他才让家人退去休息。

有一次，才6岁的黄素新在这么炎热的夏天连续一个星期的跪拜后，感觉即无聊又辛苦。她乘着没人注意时，偷偷溜出去揉捏着酸疼的膝盖，深深地呼吸着院外的新鲜空气。但不巧的是，父亲很快找到她，问她做什么去了。黄素新怯生生地说去外面小便了。父亲没责骂她，只是牵着她的小手，让她继续回到原地跪拜。

黄素新感觉十分委屈，就把这件事告诉了母亲，还问这件事什么时候可以结束。黄素新的母亲就多次问黄矮弟，究竟为什么这样做？

后来，黄矮弟直言相告说："这次我们破例护送一位女同志到浙东去，途经杭州湾海面时突然遇上特大台风，船在海面上颠簸漂流了三天三夜，差点翻船，无法顺利靠岸。要知道，女人是不能上海船的，这是我们的规矩，估计是触怒了海神。"黄矮弟妻子听了这番话，顿时无语。她清楚得很，自己嫁给黄矮弟这么多年，从来都没有上过船，家里所有的女人都只是远远地看着海船，恪守着这些规矩。黄矮弟安全着陆后就开始供奉妈祖，祈求今后的平安。

因为供奉妈祖期间，黄素新与父亲之间的小插曲，所以黄素新对这件事的印象特别深刻，对关于父亲护送刘少奇夫人一事也颇有印象。

2020年10月12日，黄矮弟的女儿黄素新与浦东文史学会的同志组队一起前往浙东收集史料，冥冥之中巧遇了刘少奇夫人曾经居住过的地方。

12日下午2点，黄素新等一行人赶到宁波市余姚市十六户村，但见十六户村的"红色通道十六户"的"红色记忆馆"铁将军把门，我们只得找到十六户村村委会寻求帮助。

红色通道十六户

村委会办公室人不多，村领导听了我们想看看红色记忆馆的请求，连忙打电话请人开门。巧的是，有一个村民应同先听到我们是从浦东来调查浦东海上秘密运输线黄矮弟到浙东的事时，他连忙说："我家三叔公应德全（现健在，94高龄）和大叔公应德兴（已故）就是接收从浦东运到浙东来的枪支弹药、接待领导干部。还有接待过刘少奇的夫人，当时许多报纸曾报道过，但不确定是不是黄矮弟护送的。"

听到这一消息，一行人决定在村领导孙建波、村民应同先带领下先去参观红色记忆馆，再去拜访应德全老人家。十六户村老书记阮金灿听说我们从浦东赶来，也很重视这件事，特地

开着电瓶车亲自到场陪同我们,令我们非常感动。

"红色通道纪念碑"前留影(左起:孙建波、陆志英、黄素新、唐国良、阮金灿、应同先)(李国妹摄)

参观结束,一行几人跟随村民应同先一起前往十六户村崔冯江西路5号他三叔公应德全家,询问关于浦东海运线到他们家里的情况,追寻当年的历史记忆。老人住的还是原来的房子(原址),只是以前是草屋,现在屋顶翻成小瓦房。应老先生虽有点耳背,但当他知道我们的来意时,激动得颤巍巍站起来,像见到久别的亲人一样,自己动手搬凳子,热忱地邀请我们坐。跟他一提起从浦东到浙东的海上秘密运输线,他特别兴奋,不断地重复着说:"刘少奇夫人曾多次被人从浦东送到我们家,吃住都在我们家。记得有一次,还把一件旗袍遗忘在我们家,后来因没保存好而不知去向……只有大哥应德兴,他应该知道是谁从浦东送来的,可惜他已经不在人世了……"应德全老人因为太激动,就反反复复只说了刘少奇夫人到他家的事。

我们为没人能证实黄矮弟护送刘少奇夫人到浙东的消息而似乎有些失望,也为没能看到十六户村民说的关于记载刘少奇夫人到浙东的唯一报道而遗憾。

应德全老人(左三)和黄素新(右一)说起浦东部队到他们家的事

谈访结束后回程的路上,大家的心情久久不能平复。不仅是为扑朔迷离的真相,更为红色年代那些共产党员的奉献精神。他们团结群众、默默奉献,既使书本上没有留下他们的名字,但那些革命先辈们仍然用自己的热血和生命为人民谋幸福!

巧卸枪支

1947年冬,苏北革命根据地为支持浦东人民护丁总队开展对敌斗争,筹备了轻机枪10挺、长短枪100余支、手榴弹500颗、子弹数万发,以海运方式运到浦东南汇,交接地点定在书院镇外三灶港口(现东海农场场部海滩)。

两艘渔船装扮成商船,舱面上装棉花,武器则装在舱底。当"商船"驶至外三灶港漕外时,遥见岸上有国民党青年军站岗放哨。当时驻万祥镇及周边地区的国民党青年军有1个连,其中驻外三灶有1个排20余人。船只能驶离外三灶港口,在浅滩处停泊。

当时,押船的是"小海委"顾敏和储贵彬的警卫员张根全,见岸上有国民党青年军站岗,就把船泊在浅滩处。张根全只得乘夜泅水登陆,找到在大团的戚大钧。他们决定使个调虎离山之计。储贵彬、奚德祥、戚大钧三人与中共外三灶支部取得联系,由中共外三灶支部秘密组织当地群众,以慰问地方驻军为名,宴请外三灶青年军和带队的连长(诨名胡一瓶),同时,也邀请储贵彬、奚德祥、戚大钧等大团自卫队"头面人物"为青年军作陪助兴,等青年军醉酒失防后,他们再组织群众抢运船上武器。

方案定下后,中共外三灶支部人员立即出动。翌日,向青年军发出邀请，胡一瓶乃贪杯之徒，听说有酒喝，喜出望外，还有储贵彬等作陪也很放心，便满口答应。与此同时，中共地下组织派人通知黄矮弟，要他迅速组织群众，至夜涨潮时抢运船上物资，并准备好储藏地点。下午3时许，储贵彬、奚德祥、戚大钧除自带警卫外，又率自卫队一个分队10余人，骑上自行车来到外三灶。此时，酒席已在外三灶的陆霞（中共地下组织建党对象）医生的诊所里排开，胡一瓶和班排长与储贵彬、奚德祥、戚大钧等人笑脸相迎，登室入座。

陆霞医生的诊所原址

席间，推杯换盏，举杯畅饮，储贵彬、奚德祥、戚大钧等频频向胡一瓶等敬酒，青年军个个敞怀狂饮，甩开膀子胡吃海喝。晚10时许，储贵彬、奚德祥、戚大钧等推算此时正是涨潮时分，便向胡连长建议："弟兄们辛苦了，让他们早点休息。港口值班的弟兄更是辛苦，天寒风大，也让他们来喝一杯，暖暖身子，站岗由我们自卫队临时替代吧。"胡连长见手下个个喝得东歪西倒而无法换防，旁边那个值班排长正愁无人去调岗，便不等连长表态，迫不及待地说："承蒙关爱，我们就不客气了。"胡连长醉眼惺忪点头同意。戚大钧、奚德祥见此情景，唤来早已安排好的自卫队队员，到港口替换了青年军的岗哨。

胡连长见有自卫队顶岗，酒兴再起，与储贵彬、奚德祥、戚大钧等继续猜拳行令赌酒。此时，黄矮弟向海外举起红灯，发出安全进港的信号。2艘"商船"立即随潮进港停泊后，由黄矮弟组织几十名骨干群众（大多为五号桥人），一跃而上，很快将2艘船上的弹药武器和棉花搬运一空，并分头接运到秘密储藏地点。

午夜，当青年军来换岗时，海面上一片平静，苏北来的2艘渔船早已扬帆返航。

黄矮弟接应商船的马灯

卖产捐资

1948年,浦东地下党和部队在资金上出现了很大的困难。在这种情况下,黄矮弟、储贵彬、吴建功、林有用、黄英、张大鹏等人商量后,在三墩开了一爿轧米厂,厂名叫利达;由黄芳、徐宝炎负责。这个厂主要是搞农产品集存,主要途径是由周围的农民,把地里收的农产品全部收在厂里储存,等部队急需要用钱和发军饷时可以拿去出售换钱,然后再连本带利一起还给农民,主要是为地下党筹备资金的。厂子的产品和运输等都由黄矮弟的3个儿子黄富楼、黄顺楼、黄银楼等协助,一直经营到全国解放。

1949年,正当黄矮弟一家喜气洋洋准备盖四合院时,宁波那边派人送信来说,三五支队目前缺吃少穿,让黄矮弟帮忙想想办法筹措资金。当时,黄矮弟家正要造房,做地基包着红绸布的木桩都已定位好了,眼看着四合院马上就要动工。黄矮弟得到消息,立刻吩咐停止盖房,十分为难地对妻子说:"富楼他娘,房子造不成了嘛,我在外面做一笔大生意,需要资金。我们先把盖房子的材料全部卖掉,先做生意,等以后赚了钱再造房。"妻子严阿妹很理解丈夫,就说:"你要做事,先解燃眉之急。再说,钱也是你挣的,你又没浪费过,怎么做由你决定,房子以后再造。"黄矮弟立即筹集家里所有的钱,拿出来给部队。可是杯水车薪，钱还是不够，黄矮弟就想办法低价把在张家塘（就是现在的新港镇边）那边的 70 亩良田卖了。严阿妹没有说任何的话，立即就按黄矮弟的意思做了。直到全国解放后，黄矮弟才把这件事告诉了家人。

抗潮救灾

1949年7月,浦东解放不久。

7月24日(农历六月二十九日),黄矮弟在海上做生意顺利回家,一家老少杀猪宰羊,热闹非凡。他邀请附近的亲朋好友、出海的船工、学校老师、自家店员等一起聚餐。

这天,早上还是晴空万里,东海海面波光粼粼,风平浪静。到下午时,天气突变,海面上压着黑沉沉的急速翻滚的乌云,滔天的海浪一阵紧接着一阵扑向岸边。黄矮弟所居住的家,离东海洋面步行只有十几分钟的路程。他的小女儿黄素新带着一群小朋友在家附近海堤上玩耍,他们手腕搀着手腕排成一横排,迎着风弯着腰大笑着向前走,然后被狂风吹着后退,又顶着风向前走,又被狂风吹得倒退……玩得不亦乐乎。这样的天气,对海边人家来说是司空见惯,不足为奇。

入夜后,热闹了一天的黄矮弟一家和村民们进入梦乡。半夜里,突然隐隐传出狂风声中夹带着一个小姑娘一阵阵凄厉的呼救声:"救命啊!快跑啊!发大水啦,快跑啊……潮水来啦……"小姑娘是来姐姐家做客的,当她半夜起夜时发现潮水来了,一路摸黑狂奔向西,往自己家的方向跑。当熟睡的人们惊醒后,为时已晚。

无情的海水冲溃了彭公塘(清乾隆三年筑)东面2里地的

被海潮冲溃的海塘

李公塘（1906年南汇知县李超群主持修筑），彭公塘外成了一片汪洋。当时彭公塘外住的大都是逃来垦荒的穷人，所谓的房子只是用海滩边随地取材的芦苇拼成"人"字形搭起来的"环洞舍"。芦苇搭的房子很快被排山倒海的巨浪冲倒，夷为平地。黄矮弟家因地势比较高，而且都是砖木结构的瓦房，才幸免于难。

突如其来的潮水把黄矮弟全家都惊醒了，一家人透过窗户看到外面已是一片汪洋，狂风暴雨中夹杂着人喊救命的声音。家中的水也越涨越高，隐隐看着窗外那来不及躲避的人和牲畜瞬间被海浪吞没，一家老小都惊恐万状地看着黄矮弟。黄矮弟几次想跳出窗户出去救人，但都被汹涌滚滚的潮水挡了回来。这时，他叫妻子拿出衣柜里的老土布，把老土布一头绑在自己的腰上,另一头让家人拽着,准备冲出去救人。

此时天刚蒙蒙亮,黄矮弟对妻子说,他要带儿子们出去救人,家中的一切都交给她了。他用停靠在白龙港边载重100担的大船去救人,并组织了一个救援队。那艘能运350担的海船停靠在海边,等找到船时,大船已被海潮冲得倒扣在滩上。他的大儿子黄富楼、二儿子黄顺楼,还有商行的伙计、船工和附近年轻力壮的青年潘金楼、施阿江、毛胡子、奚进才、汪洪章、王能狗、潘阿根等20多人,撑着一艘大船去救人。因为担心大船容易搁浅,黄矮弟就叫11岁的四儿子黄志伦骑在水牛背上向前探路,寻找生还者。

在一片白茫茫的潮水中,身材矮小的黄志伦骑在牛背上,顶着狂风暴雨前行,一会儿被潮水深淹至头颈,一会儿又连牛带人露出潮水。严阿妹看着儿子这样,十分担心,远远地挥手高呼:"小弟,当心点……小弟,当心点……"黄志伦听见母亲的呼喊,也向母亲挥挥手,以示平安,继续向前。

大潮来临时,黄矮弟的三儿子黄银楼妻子在半夜时生小孩,他老岳母也在。黄矮弟带着众人出去后,黄银楼在家守护爱妻。他隐隐听到一阵阵惊恐的"救命啊……救命啊……"的呼救声,迅速打开北窗察看。狂风呼呼地刮着,倾盆大雨哗哗地下着,把打开的窗户吹得咯吱咯吱作响。黄银楼看到几个人乘着潮水快要冲到家门口,伸出双手高声大喊:"快爬过来点,快爬过来点……"拼命想抓住来人。无情的潮水汹涌向前,黄银楼一看抓不到,急中生智,跑到前面拿了一根竹竿,头伸向窗户外,高声喊两个大人:"快抓住竹竿……快抓住竹竿……"

费了九牛二虎之力，最后两个大人总算被救上来了，原来他们是一家四口，但是两个孩子还是被潮水无情地冲走了。黄银楼看着救上后昏迷不醒的夫妻俩，把他们抱到床上，给他们换上衣服。那夫妻俩男的叫施川良，他们苏醒后因痛失儿女而伤心欲绝，几次寻死觅活。黄银楼守候着他们，后来还为他们找到了小孩的尸体，帮他们做了一口棺材，把两个小孩放在一起埋葬。那夫妻俩在黄矮弟一家人的劝说下，精神也慢慢好起来了。后来黄矮弟还为他们搭建了简易的住所，让他们重新生活。

海潮冲垮了海塘防线，数万亩良田尽成泽国，来不及逃避的人和牲畜全被海浪所吞噬。黄矮弟组织的救援队先后救起了100多人。

靠近海滩的房屋全部被冲垮，无人收殓的遗体无处安放，灾后的人们只能在晒谷场搭起木架，铺上芦席帘子，将尸体排列在帘子上，惨不忍睹。万分侥幸从灾难中脱险而出的灾民涌到高处避难，但他们基本都妻离子散，无家可归，境况十分悲惨。

家住四灶村的农民王能耕、倪文彬两家同住一宅，王家祖孙三代死亡5人，倪家祖孙死亡2人。倪春新是地下党派来的联络员，由于是苏州人，黄矮弟帮他在当地找了一个对象，还给他们在海塘边搭了一个草棚存身，夫妻俩都未能在这次海潮中逃脱，当黄矮弟父子4人在倒塌的芦席棚子里找到他们时，他们卧倒在地上，一根稻草绳的两头分别缚在他们腰间，新娘子的手捂在微微凸起的小腹部，一个正在孕育的小生命也被无情的灾难扼杀了。后来黄矮弟用棺材将他们安葬。

　　灾民的惨状，黄矮弟看在眼里，痛在心里，他倾尽全部力量救助灾民。灾民们的房屋、粮食、衣被全部被冲走，特别是不少老弱者、儿童和产妇们，没有吃的、穿的，夜里也无安身处，痛苦万分。有的人被救起时衣服都冲走了，光着身子。黄矮弟家的房子地势虽较高，但也进水了，所幸的是水位在1米以下，不算太高。他立即让家人将自己家尚未被海浪冲垮还能住人的房屋腾出来，让灾民们住下。由于人太多，连大床上也坐了20来个人。于是，黄矮弟家的店堂里、库房里，甚至是家里的偏屋里，挤满了灾民。家中已是拥挤不堪。

　　黄矮弟又腾出两大间教室，让灾民们有了一个避风遮雨的场所，剩下的灾民们被安排送往在不远处的黄华天主教堂和其他朋友家。他还让家人拿出了所有衣服、鞋袜，让灾民们穿；拿出棉被、垫被给灾民们御寒；拿出家中没有被海水冲走的所有粮食，给灾民们充饥。因为人太多衣服不够，黄矮弟就把二女儿黄素珍做陪嫁的东西也拿出来了。

　　黄矮弟组织救人的同时，他的妻子、女儿等安排人做饭。由于潮水一时退不下去，灶头上也不能烧饭，一时间在别处也找不到那么多灶头做饭，黄矮弟叫人从自己开的杂货店里拿来火油箱，中间开一个洞，做了几只简易炉灶，从而顺利解决了灾民们吃饭的问题。家中没有那么多碗筷，他的妻子就做成饭团给灾民吃，一连很多天都这样。最小的女儿黄素新和几个小朋友，看到大人忙得团团转，他们学着大人样，主动帮助，把一个个饭团分给被救的人吃。家里没菜，几个小朋友就把家里被潮水淹死的十几只鸡统统处理干净，烧了吃。

灾民病了，黄矮弟掏钱请医生治疗，懂得医道的黄矮弟母亲瞿阿奶也给轻症病人看病。有灾民不幸亡故，黄矮弟把自家木作铺的棺材送上帮助安葬……不够，还向别的老板借，事后再还给他们。后来，有更多的灾民闻讯而来，到他家暂避难关，他也尽其所能予以帮助。

一个多星期后，海水慢慢退去，黄矮弟又组织人员帮助难民建设家园，把他们安置好，还送衣送粮，结果自己家里都断粮了……后来，黄矮弟只好到顾家大地主家中借些麦子，磨成粉，暂时充饥，结果吃得又吐又拉，原来麦子发过芽变质了。家人便埋怨他，认为不该把粮食都送给难民，害得家里人如此难受。黄矮弟听了却笑着说："人生在世，做人应想着别人，再想自己，这是做人的道理。"

灾难面前见真情！黄矮弟在1949年那场突如其来的风潮中的救民善举，受到了广大灾民的崇敬和极力赞扬（这一点，在后来发生的不幸事件中无声地表现出来了），也受到了新政府党政有关部门领导同志的表扬。

当时，据南汇县生产救灾委员会8月6日统计，在台风、暴雨、海浪的肆虐下，老港地区被海浪冲毁房屋1 068间，死亡152人，占此次台风全市死亡人数的9.8%；淹死牲畜422头，禽3 045羽。

那次特大海潮，风速达到每秒40米的十二级。裹挟着如注的暴雨，扑向海堤内的川沙、南汇、奉贤、金山一带。南汇县25千米长的海塘（袁公塘、李公塘、预备塘）由于年久失修被冲决 50 多处，其中 10 余千米的堤身被暴怒的海浪夷平。当天又恰逢天文大潮，真是疾风、暴雨、怒涛"三碰头"，两层楼高的海浪破堤而入，堤内陆地顿时成了一片汪洋，有的地方水深达 3 米多！全县有 1.8 万余间房屋被冲塌，千余人丧生。

灾难发生后，上海市首任市长陈毅亲赴潮灾第一线，慰问受灾群众，并号召全市各界人民投入抗灾救民、抢修海塘的斗争。随即援灾民工以李公塘、袁公塘为基础，修筑新海塘。在全市人民同心协力的支援下，抢修工程进展很快，仅用 1 个多月的时间，在中秋节当日竣工验收。由陈毅市长命名新海塘为"人民塘"。

上海青干班浦东学生工作队参加南汇防汛修塘工程全体同学合影（1949 年 9 月摄于南汇）

为解放舟山出力

1950年2月6日，盘踞在舟山的国民党空军，从定海、岱山两机场出动飞机17架次，空袭上海市区，炸死炸伤市民1352人，并炸坏杨树浦发电厂。正在莫斯科访问的毛泽东主席对此极为关注。

张大鹏的海防大队到达苏北后，奉命编入苏北华中海防纵队。张大鹏被任命为纵队第二大队大队长。1948年5月，为配合解放战争的伟大部署，华中军区司令员管文蔚、政委陈丕显派张大鹏（化名李兆祥）返回浙东，任舟山群岛游击支队副司令，

解放舟山群岛作战线路图

8月撤回苏北。1949年3月，张大鹏先后任华中海防纵队汽艇大队副大队长、华中军区海军江防舰队炮艇大队一中队中队长、舟山基地温台巡防大队副大队长等职。

1949年8月—1950年5月，中国人民解放军第三野战军一部对驻守在舟山群岛的国民党军进攻作战。各部队紧张地筹集船只，进行渡海登陆训练。黄矮弟接到张大鹏的通知，要征用他家里的另一艘高梢船（1号船已经长期无偿给张大鹏部队用），黄矮弟立即把家里的船和薛根生、朱阿火的好几艘海船一同送去。舟山战役中，4 500多名船工2 000多艘各色民船一起，载着10多万解放军，豪气冲天地冒着敌人的枪林弹雨杀向敌阵。激战中，黄矮弟的2艘高梢船不幸被敌人炮弹炸沉。后来，黄矮弟去宁波储贵彬那里要船，因船没有了，部队说要作价赔钱。但可惜的是，黄矮弟从储贵彬处回家就被公安部门逮捕了，后来船钱也没拿到。

解放军从各起渡点出发，向舟山群岛进军　　1950年三野解放舟山捷报

蒙冤

1952年的一天，黄矮弟突然被公安部门逮捕，同时被捕的还有与他有相似经历的蒋树楼等人。因为有人检举：黄矮弟是海匪，是海匪头子张阿六的"过房儿子"，曾经逼死过人！

那时，镇压反革命运动开始。镇压反革命运动是共和国建立初期，同抗美援朝、土地改革并称的三大运动。镇反运动的胜利基本肃清了残留在大陆上的国民党反革命残余势力，粉碎了国内外敌人破坏活动和反革命复辟阴谋，安定了社会秩序和人民生活，巩固了人民民主专政和新生的人民政权，支援了抗美援朝、土改运动和国民经济恢复工作的顺利进行。

但镇反运动中也存在着扩大化的错误。没有多少文化的黄矮弟在从天而降的变故面前，不知该如何为自己辩解，昔日与他有联系的地下党、新四军同志现正在全国各地为巩固新生的人民政权努力奋斗，无暇顾及；再说他们不了解这儿的状况。黄矮弟10余年所做的工作大都是秘密进行的，外界对黄矮弟的所作所为几乎毫无所知。而且，严酷的镇反运动也不容他辩解。

没过多久，五桥乡召开了对黄矮弟的宣判大会，但宣判会却开得很不顺利。会议宣布黄矮弟的罪状为：一、认拜海匪张阿六为"过房爷"，曾任匪伪连长、大队长等职，任职期间在海上抢劫，曾逼死过人命；二、临近解放时，帮助地主出售土地；

三、解放后隐藏枪支弹药等。会场里顿时嘈杂起来。虽说黄矮弟与地下党、新四军的接触是秘密进行的,但"没有不透风的墙",家乡的农民群众多少有些了解,更何况1949年,那场特大海潮中,黄矮弟倾其所有救济灾民的义举还历历在目,他们听不下去了,错愕地议论着、争辩着,会场秩序失去控制。

宣判进行不下去了,只好宣布"休判",黄矮弟被押往南汇狱中关押。这一"休判"一休就是3年,直至1955年才进行宣判:判处反革命黄矮弟无期徒刑!黄矮弟被押往内蒙古监狱服刑,1961年10月22日,黄矮弟在狱中含冤而死,时年58岁。

第二代：黄素新

　　第二代黄矮弟之女黄素新扎根新疆，将她的青春献给了新疆的屯垦戍边。在艰苦环境的磨砺下，她成长为社会主义建设初期的优秀劳动者。本章内容系黄素新口述，故以第一人称展开讲述，故事如在目前，经历让人感同深受。

难忘的蒙冤年代

1952年的秋天，父亲在当时就职于宁波粮食局的储贵彬那里开办了一爿木材铺，关铺刚回家一星期，就被当地的民兵干部拿绳子绑到南汇看守所，一关就是3年。这3年，我们每月要给父亲送4元钱，另外还有6斤面粉，其他什么衣服、鞋子等生活用品。

那天父亲被抓时，我正在三灶小学上5年级。

之前，我的学习成绩非常优秀，每次考试都名列年级前三名。那个时候，我的内心充满幸福感，有父母宠着，家人爱着，完全像一个小公主。父亲虽然爱我们，但他对子女的教育非常严格，从不让我们乱花一分钱。记得有一次，父亲刚出海回来，我高兴地跑到父亲身边向他要钱买铅笔，父亲笑着对我说要我写出一份申请，才肯给我钱，光口头上说是不行的。他还说花钱要花在刀口上，不能花在刀背上。他还教导我，全国有很多和我一样大的孩子连家都没有，连饭也吃不上，所以我们也绝对不能乱花一分钱。当时听完父亲的这番话，我似懂非懂，又觉得十分委屈，撒娇着跑到母亲身边寻找一丝安慰，但当我看出母亲的立场也站在了父亲那边时，我更加不能理解⋯⋯

父亲是很重情且顾家的人，我们都很敬重他。每次出海回来，他都要求全家人在一起吃团圆饭，饭后让我坐在他的大腿上，然后拉二胡给大家听，还经常教我怎么拉，并告诉我还要多学点东西，长大后做个有用的人。接着让所有小孩出去玩，留下大人们开家庭会议，问问家里的情况。

父亲每天都很忙碌，当时我还小，不知道父亲在做什么，只是看到家里总是进进出出有很多人。特别是半夜，一来就是数不清的人。每次他们一来，父亲就会把母亲、大姐、二姐或者三姐叫起来做事，帮助烧水做饭。我因为小，一步都不离母亲身边，她一起床，我也会跟着她到灶间，所以常常看见客厅里有很多枪，感到很害怕。这时父亲便会走过来，在我耳边小声地告诉我他们都是好人，不要怕，那些人吃好饭便坐在地上休息，第二天我起床时连个人影都没有了，有时父亲也会跟着不辞而别，一别少则数月，多则一年。

1949年7月24日，特大海潮冲垮了袁公塘、李公塘的海塘。在父亲的带领下救了100多位乡亲。我百思不得其解，这样的父亲，为什么被抓去呢？

父亲被抓，对我的精神打击非常大，似乎人们看我的眼神与以前相比反差很大。以前脸上整天绽放着笑容、活泼可爱的我已不复存在。在学校，同学们看见我就喊："她父亲是个坏人，历史有问题。""她是反革命的女儿，是个小反革命。"那些讽刺、嘲笑的话，明显地侮辱了我的人格，伤害了我的自尊。我怒不可遏，气得浑身发抖。若按照我以前的性格，我定会不依不饶，据理力争。但此时的我怕招惹是非，只能忍气吞声，敢怒而不敢言。

不久，我辍学回家了。还有我的四哥，在这场劫难中彻底颠覆了他的人生。

四哥黄志伦，1939年出生。四哥出生后一直跟着大哥大姐们逃难在外。逃难回家后，因那时我们家大业大，有好几个地方可以住。我家驻有秘密地下党联络站，有专职的联络员，如：家住在"六丈头"（系海塘旁边的地名）的倪春新，是苏州总部派来的；一位叫秦小康（又名秦克强）的，住在豆腐店里；还有一位住在潘金楼家，父亲开的茶馆店则专供地下党进出流动人员暂住。这些地方四哥都很熟悉，所以每次有什么情况都由他去通风报信，因为他虽然很小，但特别机灵，传递什么消息，都由父亲亲口传授指导。

在四哥读小学三年级时，因父亲经常出门，担忧四哥出事，所以想把他送到大团小学上学，因为那里有储贵彬部队和奚德祥等，比较安全。后来又把他转回自家学校上学。1951年，四哥在外三灶上学，1952年，他以小学毕业第一名的成绩考取大团中学。正当全家人为他高兴时，没想到去报名的那天被退了回来，说父亲是历史反革命，家庭出身成分不好。这对四哥来说如当头一声棒喝，受到一个非常沉重的打击。从此，四哥整天垂头丧气、无精打采，他待在家里放牛，常常伏在牛背上，漫无目的地从家里一直走向西面棉场，又从棉场走到东面的人民塘，整天昏昏沉沉，任由老牛驮着他随便走。有几次，他自己都不知道吃饭，母亲叫我去找四哥，等我找到他时，他已经在牛背上睡着了。看到此景，我忍不住躲到旁边，蹲下身子，号啕大哭。求学受阻对四哥的打击实在是太大了。

四哥失去了梦寐以求的读书机会，他一时无法接受命运的愚弄。人生充满未知，四哥也走上了截然不同的人生道路。

由于父亲的问题，兄妹俩同时辍学回家，天天跟着大人们下地干农活，但厄运并没有停止降临到我们家，在那个颠倒黑白的年代，我们对未来还能抱有多大希望？

1953年夏天，有人检举揭发二哥黄顺楼私藏枪支、弹药等。有人说以前看见过我家把枪支放进棺材里，也有人说放在河里边，还说二哥当过伪保长等。工作队的人把河水抽干，还把荒地里的棺材打开检查，但一无所获。在"文化大革命"中，在某些红卫兵的误会下，强行逼迫二哥交代"罪行"，还把二哥关在牛棚里劳动改造。

抗战时期，父亲和地下党接触后，才十几岁的二哥一直跟着父亲四处奔波，每次出海都有他。二哥做事很认真、踏实，父亲有时候有要紧的事不能出海，就委托二哥全权负责，比如说去张阿六那里买枪支、弹药等，还有去国民党那里办事，完成党交给的任务等，大都是由二哥去做。

父亲不在时，附近有些人在人与人之间为了一点小事而产生矛盾，大都会来找父亲评个公道。父亲不在家，二哥就会问清情况后，他会以理服人，把双方说得口服心服，大家都赞他是父亲的好儿子、好学生。

他在抗战时期和解放战争时期，一直跟着父亲运送枪支、弹药等。

有一次，父亲带了39人去储贵彬部队，不幸差点在金华地区被国民党顽军艾胡子部杀害。他们得知父亲是张阿六的"过房儿子"，才留下了父亲、二哥和毛胡子。二哥因此大病一场，差点丢了性命。

二哥接触的人很多，每次外出完成任务回家后，都会把拿回家的一些证明和名片收藏起来。

二哥在牛棚里劳动改造时对他们"交代"说：当初确实藏过枪支弹药，不管是苏北运来的还是张阿六那里买来的，包括送的，都是给抗日部队用了。当时主要是为了防止日伪军搜查，大多数放在储贵彬家，我家只放了少数。不管二哥怎么说他们都不相信，那些人几次抄我们全家，恨不得掘地三尺，还24小时监守着二哥，一刻都不得离开，不让他吃喝，也不让大小便。二哥经不起日夜折腾，最后患上了尿毒症、肝癌。

父亲每次护送部队首长、领导干部和运送枪支、药品等，都会有很多的名片和中国人民解放军的证件，记得有黄华、何克希、刘路平、谭启龙、朱亚民、洪长洁、张席珍、林达、林有用、张大鹏、王艮仲、姜文光、胡汉萍等人，还有很多都记不清了，证件里有很多是盖着中国人民解放军的公章的名片和证件。1953年的夏天，由南汇县公安局某位工作人员说拿去看一下，至今也没有还给我们。朱阿火家也有同样的名片和证件。

那时，我天天想着父亲，想起一家人曾经团聚时的快乐，如今离别时的忧愁，心里好想问问父亲：父亲，你在外面干什么坏事啊？你每次出海回来，把我抱到膝盖上，常常叮咛我和四哥好好学习，将来上名牌大学，如今这是怎么啦？我好留恋那些快乐的学习时光。

我们一家人背着沉重的思想包袱，虽然艰难却也努力地生活着。

父亲被抓后,母亲更加心疼我们这些孩子,我们每次下地干活,母亲总是千叮咛万嘱咐,担心我们受伤。母亲其实特别舍不得我下地干活。但是,父亲被关押在看守所,家里每月必须拿4元钱要送去给父亲作生活费。

才14岁的四哥非常懂事,为了分担家庭重担,一到夏天,当星星还在天上眨巴着眼睛的时候,四哥就把我从睡梦中叫醒,叫上我一起到白龙港河里捉鱼,有时也到外河,那时我才11岁(只有我和四哥相差3岁,其他的哥姐们顺着相差2岁)。四哥叫我,其一,是他一个人去心里害怕。河的两岸杂草丛生,还有芦苇、秆稞、水草等等,路上时不时还突然这里那里冒出一个个坟头包,阴森森的。还有蛇虫百脚什么的,处处要提防。其二,四哥只不过是要我给他搭把手。他在河边把水草捆一小把,然后再用稻草绳绑上一块砖,一头用力甩到河里,把渔网撒下去,他撒网的时候,我把绳子慢慢放出去,然后把网桩固定在河边,敲牢。

每次捕鱼,或多或少都会有点收获,当兄妹俩身上沾满露水、流着汗水、又溅上一身河水,浑身湿透回家时,母亲早已守候在家门口。

母亲是很勤劳的农村妇女,她虽不舍儿女吃苦,却也无奈。当我们兄妹俩出门捕鱼时,母亲一听到声响,就赶紧起床,洗衣、做早饭、洒扫庭院等,把家里安排得妥妥当当。等我们捕鱼回来后,母亲自己一点也舍不得吃,把鱼拿到集市上卖,一次能卖几毛钱,换点现款贴补家用。

记得有一个冬天,连续几天零下几度,内河都结上了一层厚厚的冰。四哥就光着脚去海里捉鱼,他在海水里来回跑,两只小腿全是被芦苇、杂草割出的一道道伤疤和血痕,手脚指头都冻肿了,僵硬着不能弯曲。母亲和我看到后,心疼万分,抱着四哥大哭了一场。我们全家人都劝他不要再去捉鱼,太辛苦了。但是,日子还得继续,四哥还要去捉鱼。

有一次,四哥和一个小伙伴约了一起去海里捉鱼,谁知那天台风突然来了,海潮暴涨。四哥惊恐万状,大呼小叫,匆匆爬上海滩边。等四哥回头看时,那个小伙伴却未上岸。汹涌的海水一浪高过一浪,冲向岸边。四哥一看情况不妙,他立刻向周围村民呼救,边跑边喊:"救命啊……救命啊……"我几个哥哥和邻居们听到叫喊声,连忙赶到事发点,解救了小伙伴。旁边的人都说四哥遇事反应很快很勇敢。

看到四哥如此辛苦,我也经常去海滩上抓鱼虾、蚬子、泥螺、蟛蜞等,抓的蚬子当时只有2分钱一斤,但也想着能为家里减轻一点经济负担。

有一次,我和小伙伴们一起抓蟛蜞。那时海水刚退下去,蟛蜞多得一抓两三个。我拼命地抢,最后手里的花袋(布袋)和一只能装十几斤的鱼篓都放不下了,可是眼前还有很多蟛蜞,怎么办?突然看见四哥正好在另一边抓鱼,我高兴得蹦起来,马上挥舞着双臂高呼着四哥,把他叫过来帮忙抓。四哥飞快地跑过来,我们4只手娴熟地抢抓来不及躲的蟛蜞。正抓得起劲,突然我感觉脚下有什么东西扎了我一下,一不留神,我摔倒了,只见长裤膝盖处扯开了裤腿,膝盖被断了的芦根戳破,鲜血顿时冒出来,顺着小腿向下流。四哥紧张得脸色发白,六神无主。我连忙取下遮太阳的土布扎头巾,用力把伤口包扎好。四哥催促我赶快回家,我忍着疼痛,坚决不回,陪四哥继续抓蟛蜞,一会儿就把能装的地方都装满了。四哥急中生智,把自己的长裤脱下来,两个裤脚用杂草扎起来,又放了满满一裤子。

我和四哥除了身上背,两人还用鱼竿抬,一路走过街上时,街上的人都拍手叫好,他们给我起了个绰号,叫"假小子"。

回到家,母亲强忍着泪水,帮我把扎在腿上血迹斑斑的头巾取下来,为我擦洗伤口时,大吃一惊,我的膝盖上有两处伤口,一处有5厘米那么长,另一处有3厘米。母亲再也忍不住,号啕大哭:"前世造了什么孽,让儿女们受苦。伤口像大嘴巴了,还强撑!"一开始,我只是傻笑,因为抓到那么多蟛蜞,这是父亲离开我之后我第一次因为自己的丰收成果而笑。看到母亲失声痛哭,我忍不住想起父亲,如父亲在,我会去做这些事吗?我劝慰着母亲,但我不争气的眼泪跟着涌出,竟抱着母亲一起哭了。

有一次,邻居大娘对我说可以去棉场的棉花地里帮忙除草,比捉蚬子好赚。所以我就跟她去了,由于没有经验,我不小心锄掉了一棵棉花苗,下午放工时,说好每天7角钱,但棉场工头只发给我6角2分钱。我问工头,为啥比别人少,他说我除掉一棵棉花苗,要赔。那个邻居大妈见状,帮我求情,还是不行。如此刁难,着实过分,而且我也想多赚些外快,就不去做工了,每天去海边拾海货。

有一年冬天,我的几个哥哥外出打猎,有四五只猎狗先回来，那时我正好去海边捡蚶子，看见狗经过，顺便把一群猎狗一起带上，结果我带着几只猎狗在海塘的芦苇丛中、杂草间抓了4只野兔子，我"假小子"的绰号更响了。

父亲判刑两次。1952年被判死刑、1955年被判无期徒刑。我两次都参加了判刑会议。第一次宣判死刑时，当地几百个老百姓举起双手高声齐呼："黄矮弟是个好人！他救过很多人的命！"以至于会议无法继续进行。经过法院研究，第二次被判无期徒刑。母亲不懂，问我纸上写了什么。我急切又不安地打开纸一看，便撕心裂肺地号啕大哭，对母亲说："父亲一辈子都待在里面出不来了，父亲冤啊！父亲冤啊……"旁边姐姐们死死地捂住我的嘴，不让我喊，我明白她们的意思，担心我招来横祸，被他们抓去。

1955年，父亲被判无期徒刑后，要被送往内蒙古劳改农场，听说内蒙古很冷，母亲就预先为父亲准备了几件厚棉衣。父亲被送走的那天，我们一家人一夜没睡，守候到天亮。当天去送行的除了家人，还有诸多亲朋好友，共50多人。我们用了13只小丝网船，每船坐4人，赶到南汇看守所为父亲送行。到南汇时天还没亮，我们只能等在看守所门口外等着。

等待的滋味千愁万绪，只记得时间好慢，我忍受着痛苦的煎熬，期待着父亲的出现，哪怕是早一秒看到父亲也好。到了下午，我第一个看到日思夜想的父亲佝偻着背从牢房里走出来，那脸上深深的皱纹是年年月月痛苦磨难的见证。我虽有满腹的话语想对父亲倾诉，但此时不知道说什么才好。我的心猛烈地跳动起来，一个箭步冲到门卫窗户跟前大声叫着："阿爸，阿爸……"父亲听见我的叫声,瞪着那双因望穿秋水而显得忧伤无神的眼睛,泪流满面,目不转睛注视着我,哽咽得说不出话来。旁边的人很多,相互拥挤着,叫着父亲,夹带着一片嘈杂声。母亲拿着两个大包裹,被其他人挤在后面,无法见到父亲。父亲看到时时刻刻魂牵梦萦的亲人,老泪纵横,嘴唇不停地颤抖着。眼前的父亲失去了以往的沉着风度,扯开嘶哑的嗓音大声对我说:"小姑娘,你妈还好吗?快把你妈叫过来,我有话要对她说。"我虽有千言万语,多少思念之情涌上心头,却一时语塞。我来不及细想,心急火燎地拼命把挤在后面的母亲拉到前面。父亲惦记着我们兄妹俩上学的情况,忧心忡忡地询问母亲。母亲只抽泣着告诉父亲说:"兄妹俩都不上学了,自从你被抓后,牵连到很多事……"父亲听着,完全控制不了自己的情绪,禁不住放声痛哭:"我前世作了什么孽!都是我害了家人,害了子女,我没做错事!我没做错事啊!"母亲用力把包裹塞进窗户给父亲,但被两个解放军塞了出来,我再拼命把包裹往里推。一个解放军看我年纪小,劝我说:"小妹妹,东西不用拿了,那里有吃的、穿的,你父亲吃不了,要坏的。"我有很多话想说,但眨眼间,父亲很快被两个解放军拉着往牢房走去。我边哭边喊阿爸,父亲哭着转过头来:"小姑娘,你要听阿妈的话,我害了全家,但我没做错事!我没做错事啊……"这种团聚的场面,语言在这里已经显得无能为力了。我有种不祥的预感,这一别之后,或许今生今世再见不到父亲了。

我失魂落魄、昏昏沉沉地跟着母亲回到家后,觉得整个世界都变了。我常常独自坐在河边发呆,暗自伤神,情不自禁地流泪。甚至,我的脑海里曾有几次突然闪现出一个荒唐的念头——想跳河自尽,了结生命。在我的眼里,身材高大的父亲,说话风趣,常常精神抖擞。以前,父亲做生意一到家,我便会毫无顾忌地或爬在父亲的背上,或坐在父亲的膝盖上撒娇、玩闹。我们一家人虽历经磨难,却因为有父亲而幸福地生活着。但如今的父亲看上去却是萎靡不振,无精打采,想着他落寞的眼神,令我痛心。除了对父亲无限的眷恋,我满脑子还想着父亲究竟做了什么坏事?又想着父亲倔强的脸上有着很多无奈,父亲说的最多的是他没做错事,那谁能说得清楚呢?1949年特大海潮,父亲和我们一家人救了那么多人,做了那么多好事,父亲会是坏人吗?父亲怎么会是坏人呢?我的心里有很多疑问!

1957年,四哥和一个苏北搬来定居在同村的年轻姑娘施明珍(四嫂)相恋。那个时候,双方谈恋爱,首先要看家庭出身,家庭成分不好的很难找对象。况且施明珍是团员,党团组织听到四嫂和四哥相恋的风声,轮番找四嫂谈话,百般干涉阻挠,要四嫂认清形势,和四哥划清界限,不许同黄志伦这个"海匪"儿子谈恋爱。但四嫂心意已决,不顾流言蜚语,冒着被清除出团的风险,同四哥结婚了。结婚后,四嫂果真被开除团籍。当时生活困难,四嫂到农场做农工,因勤劳能干,劳动积极,农场领导已同意接收她进去做农工了,但由于种种原因最终还是被赶出农场。

三姐黄素琴是1935年出生的,她长相出众,又聪明伶俐,善察言观色,且心思缜密,父亲和各处来的老朋友在家谈生意,常会交代她和二哥把客人随身携带的物品收藏好。

有一次，地下党几位领导林达、张大鹏、奚德祥、胡汉萍、黄芳等人在我们家商量事，奚德祥突然向父亲提出一个要求，说他想要我们家里的一样东西。父亲爽快地回答他："你需要什么东西？只要我们家里有，随便拿。"奚德祥跟父亲说你家一定有。父亲说："只要我有的，我一定肯。"但没想到的是，他要的是我家三姐。说是介绍给他姐姐做儿媳妇，他的外甥比我三姐小一岁。

父亲一听就呆了，后悔莫及。但话已说出口，不好收回，就这样为三姐定了娃娃亲。论条件，男方还算不错，家庭是半地主，也算是门当户对。但三姐的婚姻是非常失败的，丈夫是不成器的家伙，三姐在他家做牛做马似的，生下的5个小孩，他也不管不顾。三姐没法，只好靠卖血把小孩养大。

后来因为父亲的历史问题，最后还是连累了三姐。她一个人挣工分养活全家人，平时口粮分不到多少，到年底分红的时候又透支了很多。有一次一家人差点因为没粮食而饿死，后来娘家邻居有好心人借点粮食给他们渡过了难关。三姐的子女都受到牵连，在学校也抬不起头来，甚至每年连到烈士陵园扫墓都不让，不能参加民兵，到社办厂上班和当兵更不用说了。

当时在想，这样的苦难日子，何时才是尽头？

父亲从1952年到1961年，每一个月写一封信给母亲，于是我也每个月给父亲回一封信。父亲的来信中总是先问母亲好吗？然后问我们兄妹学习情况。一开始，每次我给父亲回信时，都在骗他说我俩还在上学，成绩良好，一定考大学，叫他不必挂念。每次给他回信，我都要写几页的信纸，边写边哭，我为善意的欺骗父亲而难过，只是希望父亲心里能有一个盼头而活着。我叫他不要为我们伤心，在里面好好改造，争取早日回家，我们面谈。直到父亲被送往内蒙古后，父亲知道了真相，我们谁也不提读书的事。

在父亲改造的那几年里，因为父亲的问题，一家人常常被别人用鄙视的目光看着，我们总感觉低人一等，出门在外都抬不起头来，心里不是滋味。

记得有一次，突然刮起了大风，因为母亲是"四类分子"（指地主分子、富农分子、反革命分子和坏分子），被村里叫去到海塘边劳动一个星期，只有我和小哥在家。母亲刚去2天，因大风潮来袭，在风雨交加、雷鸣闪电的半夜里，村里民兵又把四哥叫去防汛，只有我一个人留在家里。我孤独地坐在煤油灯下，为了省油，把油灯弄得小小的，因为那煤油是计划供应，要凭票买的。我把被子裹得紧紧的，一个人呆呆地胡思乱想，委屈、憋闷，使我陷入无尽的痛苦和万念俱灰的绝望之中，无法自拔，一直哭到天亮。久而久之，我就落下了神经衰弱病症。

记得"大跃进"时期，在早稻插秧时节，天气异常寒冷，有时还有冰。为了不让体弱的母亲下水田干活，我独自一人拔秧、插秧。因为是多劳多得，我趁着年轻，力气大，想以最快的速度加紧干。但是20多天后，由于长时间的劳累，又受了寒气，我开始咳嗽、发烧，以为熬几天就会好。又因为没钱，我一拖再拖，就这样反反复复，拖了3个月后病越来越严重。

母亲一开始也没在意，以为只是一时着凉，但总不见我有所好转，就东奔西跑向别人借了两三元钱，到中药铺抓药。可几个月下来，不见病情好转，医生说很难治好了。母亲不想放弃治疗，另找了一位医生，医生经过诊断，说只能先开三天药，观察几天再看情况，我已经尽力了。三天后，母亲又把那医生请来，医生一看，说有起色，就再开三天药，后来慢慢好了起来。

从那以后，我就不想那么多了，只想往前看。正好"四清"运动开始了，有一次，大队开会，通知我去参加，我兴冲冲地早早去了。没想到会议还没开始，有个小队长叫别的一个小青年把我叫出会场，说今天是开干部、党员、团员、青年积极分子大会，所以像我这样家庭的子女是不能参加这个会议的。我一时无法接受，所有的委屈涌上心头，跑到外面放声痛哭。然后跑到四哥家，边哭边把情况告诉了他们。话还没说完，听到外面传来许多人的脚步声，后面还有一个工作组的许科长，他叫我马上跟他们走，说会议马上开始了。他在会上讲了不少的政策，说："每个人出身没有选择，但所走的道路可以选择，相信党的政策，重在自己表现。"他又找到民兵连长说："像她这样的青年，应该吸收到组织里来，把她父亲和她要区别对待。"许科长的话给我带来一丝温暖和希望。回到家，我满怀信心，连夜写了一份加入团组织的申请报告。不久，工作组的许科长调走了。大约过了两三个星期，有人给我回应说，因为出身成分不好，加上父亲是历史反革命，不能加入团组织。还对我说我还小，继续努力，不管别人怎么对待我，都不要做错事。当时写申请报告的有13人，只有我没被批准。这次入团失败，让我再一次地怀疑自己。

每年队里过年分红时，或者平时分稻草、芦头等农副产品时，大家都希望自己能够分到又多又好的东西。譬如稻草、芦头能分到的当然是越长越好。可明明看到别人家的都是长的，给我们家的都是短的；分到的粮食也是最差的。我无话可说，表面上装得满不在乎，心里却非常难过。

1958年夏天，全国号召大炼钢铁，队里把平时表现不好的人安排到苏州劳动，有4个名额，但实在排不出人，最后把我放进去了。队干部通知我明天动身，这下母亲和我都接受不了，母亲边哭边苦苦哀求："换个人好吗？我小女儿没做过错事，也没出过远门，换个别人去好吗？她还小，只有15岁。"我不知道苏州到底在哪里，又有多远？只能干着急。我一边哭一边说："凭啥叫我去，我成分不好，但我没做坏事！"那个干部怏怏地走了，晚上又来了，他说反正这个名额一定是你们家的。后来经过商量，决定叫我大姐去，她也是和我们住在一起的。

过了3天，又有人通知说要我到航头大中窑厂做工。这次去的人多，整个书院镇去了368人，后来有36人留厂，我是其中一个。后来国家号召下放到农村去，支援农村，我们几个小姑娘被安排下放到离我家西南方向不远的三墩乡。大家七嘴八舌提意见，说要么下放到自己本地方，但谁也不愿出面跟领导说，后来她们推荐我向领导反映，没想到领导采纳了我的意见。3个月后，我们很快就要回窑厂，可怜的我对母亲讲了真话，我去厂上班需要3样东西：一顶蚊帐、一双雨鞋、一只洗脸盆。母亲实在没有钱买，加上父亲来信说要买链霉素寄过去。就这样我放弃了去窑厂的工作。厂里3次请人找我去工作，我为了不为难母亲，就没去。

1959年的一天，有人给我介绍对象，母亲没征得我的同意就私自为我定下了亲事。我几次哭闹着提出退婚，家里人就是不同意。他们都说如今父亲在服刑期，别人会有想法。我和那个年轻小伙没有共同语言，要是结婚后因为父亲问题被人家看不起，那怎么办？我的思想压力非常大，但又退不了婚。我连死的心都有了，连续几天不吃不喝，母亲就在我身边守了几天几夜，百般劝说，说小伙子相貌堂堂，参军6年回来，在黄路卫生院工作，有固定的收入，能养家，人家不嫌弃你已经不错了……

黄素新（摄于1958年）

母亲苦口婆心地劝我："我们都是为你好，也不是把你往火坑里推，你总不能一辈子留在家里。"我看着可怜的母亲竟无话可说。记得父亲在家时，父亲出去做生意，一家老少里里外外的事务都要靠母亲操持，现在子女长大了，父亲却坐了牢，母亲更是有操不完的心。再说父亲究竟干了什么坏事，我一无所知，应该等见到父亲时问清楚，我要还没弄清楚就去死，太不值得了。谁知道，后来听说父亲曾在监狱里面三次自杀，都没成功。1961年底的一天，大约在晚上10点多，有人来敲我们家窗户，说我父亲离开了人世。真是晴天霹雳，全家人都哭得死去活来。尤其是母亲和我，几天不吃不喝。后来要准备去内蒙古收尸安葬，还要准备钱和全国粮票。安葬好父亲后的两个多月后，我出嫁了。那天清晨，天还没亮，我跪在父亲坟前哭得死去活来，我为父亲而哭，父亲是因为看不到未来的希望而自杀，而我更为自己不幸的婚姻而痛哭。

那几年的运动特别多，开始是"小四清"，后来又是"大四清"。每个乡村都来了工作组，婆家队里也有工作组，他们查问得特别仔细。倒霉的还是我，由于家庭成分不好，父亲又是历史反革命，而且死在牢中，调查组的调查又牵连到我婆家，婆家住的房子房东原是上海一个叫唐伯永的人家，他们全家一直在上海做生意，乡下也有房子，没人住，所以让我婆婆带几个孩子住。后来上海解放了，房东不想回乡下，就这样把房子送给我婆婆。其中一间正房、一间小偏间和半个客堂是我们和婆婆一起住。

有一天下大雨，不知哪里突然来了十几个人，他们不问青红皂白，叫我把家里的东西搬走。我抱着女儿坐在家中，心想：丈夫已在半年前去了新疆参加国家边防建设，今天难不成要把孤儿寡母赶出去不成？边想边和他们据理力争，坚持不肯动身搬东西。他们说我家里成分不好，父亲是反革命，无权享受这房，要送，也是送给贫下中农。我责问他们为什么这么做，人性何在？他们二话不说，十几个人噼里啪啦把我家里的东西统统扔出门，并当着我的面直接把房子拆得一干二净，扒倒了墙脚。婆婆没法，只得暂住到大伯家后院的柴房里。我欲哭无泪，又控诉起父亲：父亲，你到底做了什么坏事，害得子女如此受罪，我该怎么办！

过了不久，听人说，组织上要招收一批人去新疆维吾尔自治区参加国家边防建设，下定决心的我便去报了名，我当时心想，树挪死，人挪活，总之，先离开这个伤心之地。去报名时，很多人劝我，说新疆太苦了，路又远。但是，这里还有我的活路吗？哪怕死，我也要去。

出嫁后，我很久没回过娘家，也没跟家人提起去新疆的事。母亲不知道从哪里得到消息后，迅速通知二姐、三姐来劝我，但我心意已决，两天后（1966年7月底），我抱着3岁的女儿，踏上了去新疆的旅途。我没等到母亲和亲人告别，带着遗憾和伤痛，独身去了一个遥远的、人烟稀少的地方，走进了另一个天地。

赴边疆经受锻炼

20世纪五六十年代,为了加快新疆建设步伐,补充新鲜血液,上海及全国各地大量富有活力的知识青年响应国家号召,奔赴新疆支援建设。他们在新疆垦荒种地、建设工厂,出色地完成了任务。

从1966年7月至1988年年底,我把最美的青春献给了边疆建设,23年的支疆生涯,是那样深深地镌刻在我的灵魂深处,在以后几十年的人生征途中仍然影响着我做人、做事。这里的几段小故事是我的亲身经历,凝聚着苦涩、艰辛的回忆。

1966年7月,我踏上了人生新的征途。到了新疆后,我充满希望的幻想完全被现实所打碎。在新疆的公路两旁,我看到的都是一望无际的沙漠和戈壁滩,荒无人烟。我们的目的地是在塔里木盆地,住的是地屋子,吃的是窝窝头,住的地方靠近塔里木盆地。每天走在路上看到的是不同的野生动物,有野兔、野鸡、梅花鹿等,它们会在你面前自由自在、大摇大摆地走过。

塔里木盆地位于中国新疆南部,是中国面积最大的内陆盆地,地处天山、昆仑山和阿尔金山之间,是大型封闭性山间盆地。塔里木河偏于盆地北缘,水向东流。边缘是与山地连接的砾石戈壁,中心是漫无边际的沙漠,其中有绿洲分布。

阿拉尔戈壁滩

我被分配在新疆生产建设兵团农一师阿拉尔火力发电厂。

到了阿拉尔,我在简易的地屋子里休息了几天后,领导找我谈话,问我有些什么特长,好给我安排工作。那时,正好有一个工程队在造火电厂,而且里边大多是上海人。我想,亲不亲,家乡人,我没有什么技能,要是跟上海人多的工程队一起工作,那该多好啊。于是我不假思索地说去跟造房的工程队打小工。领导一听笑了,他说那个工程队不是我们单位的,我们准备为你安排做后勤工作,去管理托儿所、幼儿园。我一听,感到责任太大。领导加重了语气,说:"去幼儿园工作,人家求之不得呢,多好的工作!到这里来,要服从组织安排。"顿了一下,他又问我:"你的家庭成分是啥?有没有历史问题?"我一听,想起这些年来所受的委屈,我不远万里投奔他乡,难道又要拿我父亲的问题打压我不成！于是我一反常态，对他说："你问我干啥？表格里不是填写过的吗，你还问我干啥？"那个领导突然愣了一下，思索了良久，换了一种口气，轻声问我："那你是从农村来的，去后勤部一个班，跟她们到地里劳动吧。这些人大多是从秦皇岛借来安装火电厂机器设备的，因厂房还没造好，暂时安排他们种地，年龄大多在三四十岁，有一个马上就要退休了，你先去那里干。"我一听，不用我费神费心的工作，答应了。

火电厂的地，其实只是厂房周围开垦出来的。这里的土地肥沃，种出来的庄稼产量很高，西瓜一个就有二三十斤，土豆一个就能炒一大碗，玉米一个一两斤。种地，给了我一个自由广阔的天地，我是她们中年龄最小的一个，因来自上海，班里人大多叫我"上海小姐"。

记得有一次，我到地里摘了一个有30多斤的西瓜，兴高采烈地抱着回到单位，叫大家都来吃。结果，所有人都笑得前俯后仰，他们说叫我留着自己吃。我莫名其妙，把切开的瓜追着往人家手里送。后来，有一位大姐笑着说："上海小姐，这个西瓜不能吃，是给猪吃的饲料。"

1966年，"文化大革命"开始了，厂房也盖得差不多了，在厂外垦荒的几十个安装工人也都去安装设备，我也正式去幼儿园工作。新的厂房还没完全建造好，幼儿园只能在靠近塔里木河边建的一栋临时房里，离开住宿地1千米路，每天要翻过一个大沙包。北方的数九寒天，哈气沾在睫毛上，立刻成了一排小冰柱。厚厚的白雪覆盖着大地，遮蔽了一切，到处灰蒙蒙、

被大火毁掉的火电厂遗址

混沌沌，模糊了天地之界。幼儿园的周围都有知青在开荒，由于天气特别寒冷，北风呼啸，冰天雪地，气温常常在零下三四十度。幼儿园里没有卫生间，也没有水龙头，于是在房子旁边挖了一个坑，用树枝围起来，搭建成一个简易的厕所。那些在附近开荒的知青们，在天寒地冻、滴水成冰的野外大小便实在是冷，就冒着凛冽的寒风赶来上厕所。他们口罩上的鼻孔处、眼睫毛上全是结着雪白的冰。我看见他们，就请他们喝口热水、烤烤火，暖和了再走。我常想，同样是知青，我能有这么好的工作，比起他们，我算是幸运的。

每天上午，我们有农牧场直接送来的牛奶。每次轮到我值班，我总会自费买上4千克牛奶，再买上几个白面包子，分给那些离家远的小朋友吃，让家长们不要来回跑，解决了他们的后顾之忧。有人说我神经不正常,但我总想每个人都离不开别人的帮助,自己也要想想如何去帮助别人,我也总想起父母平时对我们讲与人为善的谆谆教导。

1967年,我们开始定粮了,由原来的90%的粗粮,下降至50%,小孩都吃精细粮。以前全部在食堂吃饭,现在可以把粮食带回家。

1969年,单位召开了全体职工会议,宣读了中央文件,知青可以回家探亲,每人假期45天。散会后大家不知有多么高兴。听了消息,我归心似箭,马上打报告,盘算着如何回家探亲。我朝思暮想的母亲,因走的时候没向她告别,觉得特别对不起她。再加上家庭成分这个情况,"文化大革命"还没有结束,也没有家里的任何消息。家里没有多余的钱,我只能向好友借了点,就带着11个月大的儿子回老家。

谁知到了吐鲁番火车站,只看见火车站内黑压压的一大批人,人头攒动,人山人海,很多是回家探亲的知青。我想买火车票,挤都挤不到买票处,怎么办?有一位也要买票的好心人看见我背着小孩,把我拉到边上,说叫我不要走开,等买到火车票就来找我。我立即拿出钱,丝毫没有怀疑担心他拿了钱而不给我买票,等了很长时间,票终于买到了,可到了火车站台又挤,上不了火车。后面有人劝我还是不要回家了,车上挤得连个座位都没有。我都快急死了,沿着车站挤向火车厢。我看见两个陌生知青在车位上放行李,急中生智,拼命拍打着窗户,叫他们打开窗户把我拉进去,可是小孩怎么办?他们一听我是上海知青,就急忙打开窗户,先把我的行李放进去,然后我脱下外面的单衣，把儿子紧紧地绑在我背上，上面的两个小伙用力把我往上拉，下面的几个年轻小伙拼命把我往上推。车厢内人挤人，挤得连站脚的地方都没有，根本不是对号入座。有好心人帮我在座位上腾出一点空隙，勉强挨着，坐得浑身麻木。火车到了兰州，就没有水喝了。恰巧又碰上黄河泛滥，发大水了。火车上放的水全是浑浊的泥浆水，就是烧开的也是泥浆水，根本无法饮用。由于人多，虽然控制了水，但还是供应了一人一勺，要过4小时才能再有水供应。

到了郑州，连饭都没有了，母子俩两天两夜都没吃到一顿好饭。车站下面，还有很多要饭的小孩。又饥又渴的我只能把饭盒往下丢，请他们帮我在地上挖点雪解渴。

就这样，从新疆到上海的火车延误了两天两夜，家里人每天都到火车站接我，未能接上。车站很乱，火车什么时候到达也没有准确时间。在最后一天的半夜两点钟，火车总算到达上海。下车也没人接，因给家人报的时间超过了两天，家人接不到，就回家了。我心里空落落的，一个人拖着疲惫的身躯，拿着笨重的行李，抱着孩子，一脚高一脚低地走到了车站门口。实在是筋疲力尽，走不动了，又坐了好一会儿。有一辆三轮车过来，问我去哪里？我说去十六铺码头。一路转车，一直到下午才回到家。看到老母亲一个人坐在门口的一刹那，我忍不住放声大哭，紧紧拥抱着我日思夜想的母亲。母亲说这几天她一直坐在门口等我回家，可她又怎能理解一颗游子的心，归宿究竟在哪里？

到家的第一件事，我就问母亲，我藏的父亲和奶奶的照片，还有父亲的判决书还在吗？母亲说这些东西在抄家时被全部拿走烧掉了，现在什么也没有了。

被关在牛棚里的二哥放出来了，他病得很重，几年不见，看上去苍老了很多。我在家住了十几天，临走那天，二哥正好来看我，他问我什么时候回新疆，我说就现在。我没告诉其他家人我要走的消息，所以他们都下地去了。心力交瘁的二哥听说我要回新疆，一定要送我到离家不远的汽车站（三三公路上刚通车的外三灶汽车站）。一路上，他对我说他知道父亲在海上出海做的事，但父亲根本没做什么坏事，父亲真的是冤枉。虽然父亲走了，但他相信政府一定能把这些事情搞清楚的。你在外别担心，一定要好好工作，保重身体，家里母亲由我们照顾，放心吧。

没想到那次相聚后的送别，兄妹俩竟然成了最后的离别。

1971年夏，二哥病危，而我在新疆请不出假，也无钱做路费，我虽伤心欲绝，却又无可奈何。二哥离开这个世界时，一直对家人喊着："我没有做坏事，我的父亲做的都是为共产党和地下党，我们没有做对不起党和人民的事。我们藏过枪支弹药，有人揭发把枪支放在棺材里，还有放在河里边，当时确实是有的。但那是帮助共产党买的，是拿到部队去的，是给储贵彬部队等半夜拿走的，所以别人这样揭发我也是对的，我不怪别人误会，是别人不知道谁拿走的。"

可怜的二哥丢下10个孩子离开了我们。后来他的子女也因为我父亲的问题受到了很大的打击，上学、进工厂，包括婚姻，都受到了极大的影响。

1971年，我们整个连队迁移到阿克苏，一个营有6个连队，营部驻扎在阿克苏，而连队要建在荒山顶上。一切又是从头再来，盖住房、厂房，全都是单位自己盖起来的，我们打土块、拉石子、黄沙等，我被安排在打长方形的土块，每块8千克重。一般人每天打30～50块，而我坚持要打80块。到了寒冷的冬天，山土冰冻像石头一样得死硬死硬的，实在挖不了，不能再打土块。但人也不能闲着，每天便去拉沙子、石子。我的工作量远远超过他人，但就是有那么一些无趣的人，总是说三道四。父亲的历史被人为地定性为黑色终身，同时也决定了做子女的特殊身份即"历史反革命罪犯"家属。说我父亲是历史反革命，反革命的子女应该好好劳动改造。我在众人面前仍然抬不起头，我的出身无法选择，好像我有那样的父亲，是做了对不起人民的事，但我坚信正义终会来临，就这样一干就是两三年。

房子终于造好了。大房子是修汽车的，车间是加工汽车零件的，连队有100多辆解放牌汽车。连队除了开车的，还有修车的。领导还是安排我去幼儿园工作，可是我得了神经衰弱症，实在做不了这份工作，领导无奈。当连队大会上宣布分配工作名单时，我和另外一个女同志被分配做专修底盘、联合器、变速箱等工作。很多人用异样的目光看着我，我不理解他们为什么这样看我。有要好的姐妹告诉我，原来安排我的工作是非常艰苦的，不是女人能干的。但我改变不了自己倔强的个性：女人也是人，为什么不能干！

我一边跟师傅学习修车技术，一边记录，这样做，会对我在工作上有所帮助。修理好汽车是我的责任,关系到人性命的大事,只有善于自我总结,才能在技术上有所进步。

跟师傅学了几年后,我的修车技术有了一定的进步。因为我是唯一的女修车工,技术好,工作效率又高,很多人来找我修车,在那里小有名气。领导几次找我谈话,让我当班长、排长、副指导员、指导员等,我都婉拒,因为我始终自卑于父亲的问题。我热爱着我的工作,不管是在厂部修车,还是车子坏在半路,或者是煤矿上,我都能急他人所急,第一时间赶到现场修车。

每次评选先进工作者或者嘉奖,我都会让给别人。1983年,我和副班长包了30多辆车修理,我们班被评为集体三等功,我个人也被评为三八红旗手,获三等功。有一次,我代表知青接待了中央首长、上海市文化局局长、西藏及巴西等领导。中央人民广播电台广播了我们班的事迹,那是我最快乐的时光。

漫漫申诉路

1975年,邓小平在毛泽东、周恩来支持下,大刀阔斧地领导了铁路、钢铁、国防科技、国防工业、中国科学院、军队、文艺、党组织等方面的整顿。平反冤假错案与落实政策,作为邓小平领导整顿的重要内容,也在上述领域不同程度地展开,并贯穿了整顿的全过程。1978年,在我的生命中迎来了一缕希望的曙光。我们营开了个集体大会,通告了中央文件,说全国都在纠正"文化大革命"中造成的种种冤、假、错案,落实各项政策。

我听得这个消息,恨不得立刻插上翅膀飞回老家,下定决心,找到曾经和父亲有关系的人物,一定要问清父亲的问题。

万事开头难,一家五口,除了生活,我捉襟见肘,身无分文,寸步难行,又得不到家里的消息,于是我只得省吃俭用。1979年,我实在等不及了,借了点路费回家,把心里想的事跟大哥大姐们说。一开始,他们有的反对,有的同意,迟疑不决。我对他们说,天上不会掉馅饼。父亲的冤案,如果我们自己不申诉,就没人会申诉,冤案将永沉海底。现在我们已被打翻在地,纵然申诉不成功,我们的境况不会比现在更糟吧。这路是要靠自己走出来的,虽然曲折而漫长的,但前途是光明的,我们只要坚持不懈地走下去,一定能达到胜利的彼岸。于是,我把一家人发动起来，兄妹几个分头寻找。

但很快，我的假期快到了，因为连队纪律严明，属部队化管理。我不得不把家里的事托付给四哥，商量着一定要提出申诉。于是请人写了申诉书，寄到南汇县人

证明材料残影

民法院。而我，只能匆匆赶回连队。过了好久，1981年8月25日法院的判决书下来说坚持原判。我叫四哥继续托人帮忙写申诉书，继续投诉。就这样反反复复，虽希望渺茫，但还是坚持不懈。

1982年，我向领导请了半年的假，一直走在申诉的路上。我一边打工，一边和四哥寻找证人。那时，我在工地上做的是男人的活，装落水管，有时我拿都拿不动，但为了钱，我咬着牙坚持着。那时，寄一封挂号信需要5元钱，没钱的时候，我亲自送法院。可是接待的人对我们的态度非常冷漠，到最后他们连办公室都不让进，有时只能等候在门口。总之，他们常常变着法推诿，还说原判是正确的。

有一次，我拖着疲惫不堪的身躯，回到母亲身边。见到母亲的那一刻，所有的冤屈涌上心头，我忍不住大哭了一场。母亲见我那么伤心，劝我不要再搞下去了，再这样下去把命都要搭上了。我不想打退堂鼓，我还是坚持着，继续奔波，继续找

> **南汇县人民法院**
> **通知书**
> (81)南法刑申字第400号
>
> 申诉人：黄志伦，男，四十二岁，上海市南汇县人，家住本县新港公社晨阳大队，系原审被告人之子。
>
> 原审被告人：黄绥弟，又名黄关根，男，一九六一年死亡，上海市南汇县人，原住本县老港区五灶乡三一村。
>
> 申诉人黄志伦不服本院一九五五年度刑字第31号刑事判决，于一九七九年六月十一日以来多次提出申诉。现经复审查明：
>
> 原审被告人黄绥弟，于一九三八年投靠南匪张阿六为先生，先后历任匪伪连长、大队长等职，任职期间在海上进行抢劫等犯罪事实。在一九四一年至一九四七年期间，虽曾是我革命武装的利用对象，并作出过一些有益的贡献，但在邻近解放时帮助大地主争夺土地，解放后隐藏枪支弹药等，但判定罪正确，应予维持原判。特此通知。
>
> 南汇县人民法院
> 一九八一年八月廿五日

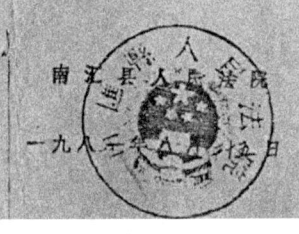

1981年8月25日南汇县人民法院通知书原件

父亲经历的见证人为父亲正名，蔡鹤鸣、金光、胡汉萍、黄长兴等同志为父亲之事写了证明材料。

功夫不负有心人，我听说有几位老干部在南汇招待所写回忆录，我立刻和四哥志伦赶到南汇招待所，已经是中午12点了，我们守候在门外，苦苦哀求门卫，希望能见上那些老干部。但门卫冷漠地把我们拒之门外，理都不理。后来又问找谁，我回了他们，但是他们一口咬定这些人没在这里。兄妹俩站在寒风中又冷又饿，但又不愿离开，又坚持守了两三个小时。正在失望之间，突然门口出现了一个我们认识的人，他是我们父亲1号船上的船老大金阿妙的儿子金大官。我马上跑过去和他打招呼。当年父亲把1号高梢船和船老大金阿妙父子一起交给张大鹏部队的，他也是来找张大鹏，他父亲也被打成反革命，判了15年刑。我请他帮忙带我们进去找老干部们，但是他有苦衷，不愿意。这时，我怕失去唯一的机会，忘记了自己的尊严，"扑通"一下子跪倒在地，一个劲地哀求他，希望他能看在我父亲的面子上帮帮我们，哪怕是指给我们看领导们在哪个房间也行。金大官没敢带我们进去，还略带惆怅地说若是他父亲金阿妙没有跟我父亲做事，就不会被判刑了吧。后来他禁不住我的苦苦哀求，才说了领导们在哪个房间。他临走时，忍不住流下了眼泪说："你父亲确实是好人，对大家都很好的，我主要是害怕。"

就这样，兄妹俩不顾门卫的劝说，直接奔向房间，其中有张大鹏和朱亚民，其他的几位不认识，当时还有记者在场。我们边哭边说，把父亲的情况简单说了一下。张大鹏和朱亚民听了我们的话，也忍不住老泪纵横，他们说："你们一家人受苦了。"特别是张大鹏，他用力地拍着大腿对朱亚民说："老朱，我们赶快去法院，这到现在什么时候了，还没有给他们平反，要向他们问清主要原因在哪里。"他们的话触到我痛处，我忍不住又大哭起来：

"他们说父亲是土匪、强盗。"张大鹏愤怒地说:"如你父亲是土匪、强盗,那我们岂不是土匪、强盗的头子了?"之后他们分别为父亲的事写过证明,朱亚民给我四哥的回信内容如下:

黄志伦同志:

近接苏州带来你给我的信收悉。

你父黄矮弟,他为我们五支队做工作,我是知道的。他与海大有直接联系,张大鹏、胡汉萍等同志证明应是有效的。证明都属有组织调查,加盖公章(私人证明)。去年年前,我在南汇时也谈及此事(我只是说明我所知情况)。储、茅、胡、金、奚等同志当然更清楚,他们是直接有联系的人。你们想向法院申诉或询问,我认为是完全可以的。

后来才得知,为何反复申诉无果,原来收录资料的那些人在1955年的时候把我们家的证据都弄丢了,他们不愿把案子翻过来,老干部去说也没用,他们说讲证据。就这样,又拖了几年。后来,我们又陆陆续续地向不同级别法院上诉、申诉,得到的都是"我们会讨论这个案件""有消息通知你"等答复。

由于岗位需要,我只得和四哥商量了一下,我先回新疆工作,家里人继续上访。刚走一个月,北京的刘路平带着夫人一起来到上海,落实有关上海的一些政策,总共来了11辆车。十几位老干部说对黄矮弟的案件一定要落实好,说父亲是给共产党做事的。

继续申诉的1983年,我每次回来或临走时,亲戚、朋友都要去送我上火车站,那个情景我一辈子也忘不掉。特别是回新疆去时的列车,送别时,上面车厢里的手,下面的手都在窗户里相互拉着，边哭着喊着，一直到火车快开了只好把手放掉，有的时候坐在地上哭着，好像是生离死别。此间支撑我继续向前的是林有用等七位老干部给我父亲写的证明，他们分别是林有用、奚德祥、黄子敏、胡骏、戚大钧、刘路平、洪舒江等同志，具体证明书的内容如下：

南汇县人民法院：

我们收到了你县黄矮弟子女黄志伦、黄素新的来信，对你院对他们父亲黄矮弟的判决认为尚有出入之处，要求证明黄矮弟的历史情况等事。我们和黄矮弟有过工作关系的几位在杭州的老同志对黄在革命战争期间的历史作了回忆，特向你院反映：

黄矮弟在抗日战争和解放战争期间曾为我党、我军做过不少工作，是有一定贡献的。特别是在当时环境复杂、工作十分困难的历史条件下，给我们解决了海上交通问题，如运送军需物资，运送干部和使浙东—浦东—苏北之间的联络得以畅通起到了一定的作用。

在抗日战争期间，我浙东海上工委的主要任务是做好游击区、敌占区、根据地之间的联络工作。在此期间，黄矮弟的船只是发挥了重要作用的。如原浙东的一些负责同志是通过黄矮弟的船只和他的掩护下安全地从根据地送往浙东的，而从未出过事故。

在解放战争期间，黄矮弟也曾为浙东临工委所属的海上工作委员会作出贡献。黄将自有的一条海船无条件地供我使用；并由他派了金阿妙和金大官等船老大，只吃饭，不收工资，历尽艰险地为我们工作。

在1947年秋浦东地区的国民党已在海上封锁，沿海一带则由青年军重兵把守，在白色恐怖下从苏北解放区运来了以棉花掩护的轻机枪、步枪、手榴弹、子弹等，也是通过黄矮弟的关系和黄本人运到外三灶附近登陆，之后又将这批武器运往浙东，为我们完成党交代的任务起了积极的作用。

至于黄矮弟与张阿六的关系问题，我们都知道黄矮弟曾拜张阿六为"先生"，但我们由此关系为革命搞到了枪支。如在1946年，我们要黄到张阿六处搞到两挺美式重机枪，这两挺重机枪又在储贵彬、奚德祥等同志的部队拉到浙东四明山后，在历次战斗中发挥了重要作用。

在两个战争期间，我们尚未发现黄矮弟对我党我军有过不利的事情。

据此，我们认为解放后对黄矮弟的处理上在极左路线的影响下是有错误的。根据中央指示精神，不论在什么时期发生的冤、假、错案，都要用辩证唯物主义和历史唯物主义的观点进行具体分析，我们也认为黄矮弟在战争期间对我党我军的事业是有贡献的，应实事求是地予以结论。

以上意见仅供参考，如需要具体了解，可通过组织手续来此外调。

1984年间，相继又有张大鹏、储贵彬、朱亚民、金光、黄长兴、茅铸九等多位党员干部为父亲申诉写证明材料，其中尤其张大鹏、金光同志，还就父亲的问题多次通信。信中讲到黄矮弟在抗日战争、解放战争期间，曾为我党我军做过不少工作，希望就黄矮弟问题，重新做出合情合理的结论。

1985年，快要过春节了，那是最后一次找到张大鹏和朱亚民、原南汇县县长张耀明等，我又找到了两位老干部，我说我们是黄矮弟的儿子和女儿，他们非常客气地叫我们坐下来，有事慢慢地说。我说了一句还是我父亲的事，我在包里拿材料给他们看。张大鹏伯伯在我对面的沙发上坐下，他看了我递给他的材料，顿时怒火冲天，拍着大腿说："怎么还没弄好？"他边说边流泪:"孩子们,你们受苦了。你们放心吧,你父亲的事我们一定会给弄好的。要相信共产党,不会忘记一个好人的。"他又站起来跟朱亚民说:"我们这次来,一定要去法院,让他们把黄矮弟的问题快快纠正过来。"他还说:"要不是黄矮弟,我们这几把老骨头都不知道扔到哪里去了。"朱亚民说:"是要好好为他们父亲出面调查清楚,我问问他们到底谁是强盗、土匪。"他俩又说,"要是你们父亲是强盗、土匪,那我们都是土匪头子了,你去法院告诉他们,还有三个土匪头子要来了,说黄矮弟是反革命,他反了谁。"我问这次是否要写证明?他们说不用了,前面已写过证明,让我们直接申诉。

1985年6月11日,复审的判决书终于下来了。我在新疆接到电报,激动得热泪盈眶,立刻动身,赶回了我心中充满光明的家乡。一入家门,我们一家人就紧紧地相拥而泣,随后又破涕为笑,我们再也不是反革命家属了,从此以后,我们可以昂首挺胸、堂堂正正做人了。关于复审结果的具体判决书如下:

南汇县人民法院
刑事判决书

(85)南法刑申字第33号

原审被告人:黄矮弟。又名关根,男,一九〇三年生。汉族。上海市南汇县人,原住本县老港区五桥乡第一村,一九六一年十月二十二日病故。

黄矮弟因被控海匪一案,由本院于一九五五年四月二十七日以一九五五年度刑特字第31号刑事判决判处无期徒刑。黄矮弟之子黄志伦不服判决,自一九七九年六月以来多次提出申诉。于一九八一年八月二十五日以（79）南法刑申字第400号通知驳回申诉。于一九八二年十一月十一日以（82）南法刑事判决撤销上述驳回申述通知和原判判决，对黄矮弟改判不追究刑事责任。一九八三年五月十日又以（82）南法刑申裁字第8号刑事裁定，更正改判判决中认定事实不当之处。现黄志伦仍不服，再次提出申诉。

本院依法组成合议庭，对本案进行重新审理，查明：

黄矮弟自抗日战争初期开始，到南汇县解放为止，曾与我地下党工作人员和当地革命武装组织取得联系，接受指示，并利用拜张阿六为先生作掩护，为我方海上交通运输等做了大量工作；对革命作出了贡献。至于原判认定黄矮弟任伪职和一九四七年逼死农民倪生苟等节，查无实据，应予否定。综上所述，本院审判委员会认为，原判对黄矮弟以海匪论罪处刑显属错误；复查改判判决与裁定仍有不当，应一并予以纠正。据此，特判决如下：

一、撤销本院（82）南法刑申裁字第8号刑事裁定、（82）南法刑申字第8号刑事判决、（79）南法刑申字第400号通知和一九五五年度刑特字第31号刑事判决；

二、对黄矮弟宣告无罪。

一九八五年六月十一日

南汇县人民法院刑事审判庭

审判长：诸明兴

审判员：刘德海

代理审判员：朱亚平

一九八五年六月十一日

本件与原本核对无异

书记：卫世平

（盖章：南汇县人民法院）

漫漫申诉路　*139*

1985年6月11日南汇县人民法院刑事判决书原件

为了告慰父亲能够沉冤昭雪，我们兄弟姐妹齐心协力，筹集了一笔资金，为父亲举行了隆重的平反仪式。守得云开见月明，一家人欢欣鼓舞，扬眉吐气，广邀亲朋好友600多人，欢聚一堂。我们回忆着父亲，回忆着多年来所受的委屈和痛苦，都在此时，汇集成了激动和感慨的眼泪。

1985年8月10日，悼念黄矮弟逝去24周年的现场

带有62个花圈的送葬队伍

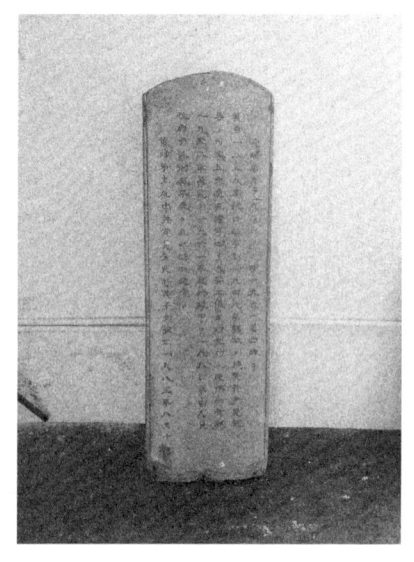

黄矮弟墓碑

2009年冬至，我们全家老少将父母安葬在南汇的上海福寿园海港陵园的新四军广场——南汇革命纪念园，让父母在此安息。

墓碑上，是原中共江浙海委书记金光1986年10月为父亲撰写的碑文：

"黄矮弟，又名黄关根，（黄）自1939年抗日战争至1949年全国解放，接受共产党领导，对（为）上海交通运输做了大量工作，对（为）党、对（为）人民作出贡献，1952年蒙冤，1961年死于狱中。1985年由人民政府予以平反昭雪。立此碑以纪念。"

为了"浙东第一船"

"高梢"是句行话,指在海上跑生意的商船。父亲从1938年开始便与新四军秘密交往,经常以经商为名为浙东新四军和抗日游击队运送物资,冒着风险奔波在惊涛骇浪之中。后来,因为抗日游击队队伍不断壮大,所需物资增多,运送物资的任务日益繁重,为了完成运输任务和逃避日伪军的严格检查,父亲在地下党的授意下,拜海匪头子张阿六为老头子,从此打开了海上运输线的红色通道,一路上得到其他海匪船只的掩护,使新四军需要的药品、收发报机、手摇马达、电线、纸张、布匹、粮食、印刷机等,都通过父亲的商船从上海输送到了浙东抗日游击区。后来,浙东游击区大发展,上海不断派人员去支援,去的人也都是乘父亲的船。

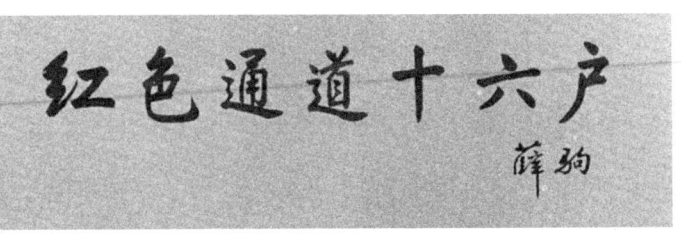

红色通道十六户(原中共浙江省委书记薛驹题字)

2007年,浙江省慈溪市掌起镇古窑浦村在市、镇领导的关怀和支持下，成立了浙东抗日敌后根据地"海上门户"——古窑浦革命历史陈列馆，于5月开馆。经南汇县（现属浦东新区）新四军历史研究会倡议，要我和三哥黄银楼造一艘"高梢船"模型，赠送给该馆收藏展示。

抗战时期，大哥黄富楼管各项进出的账目，二哥跟父亲一起在外面做生意，母亲和大姐管烧火灶。三哥管修船，不光是家里的船，还是附近的船，或者是地下党需要用的船坏了，都送到我家来修。记得有次修了一艘船，是有个从乍浦来的地下党叫张妙根的来接走的。每次他送来修时，父亲总是交代三哥一定要仔细检查，认真维修，多少钱不用管，关键是要修好。在海上用的船是一点都不能马虎的，其实地下党在我家修的船都是免费的。1946年，山东部队送来3艘大海船，由于船体破损严重，最后3艘船经过逐步拆换，合并成2艘，其他的零部件拆开卖了，资金都送给部队了。送来修船的是胡汉章，临时住在外三灶东六队陆德官家，住了1年多。

亲朋好友给我们兄弟姐妹都起了个绰号，大哥叫管账先生，二哥叫勤务兵，大姐叫烧火囡，三哥叫修船小专家。

接到新四军历史研究会的倡议设想，三哥想亲手打造高梢船模型，我们兄妹俩边想、边做、边改动。经过回忆，我描绘出当年我们家"浙东第一船"的模型，三哥则回忆船上有几块板、几个插销。三哥说："当年，每有重要任务，总是父亲、阿哥黄顺楼驾船，我因为年纪小，父亲就叫我负责仔细检查船体、船舱。不要说船板，连一个钉、一枚插销都要检查，父亲要求我保证绝对万无一失。"

我和三哥合力制作了3艘抗战时期父亲在海上秘密运输时用的高梢船模型，分别赠送古窑浦革命历史陈列馆、杭州湾跨海大桥历史博物馆等。无声的高梢船静静地待在浙东新四军最初的落脚点——古窑浦和杭州湾跨海大桥海天一洲，向过往的人们诉说着那段刻骨铭心的历史，诉说着父亲的人生故事！

2008年3月21日，黄矮弟的儿子黄银楼（左）和女儿黄素新（右）将黄银楼自己制作的一艘高梢船的模型送至古窑浦革命历史陈列馆

2008年2月19日，我正式光荣地加入了上海市浦东新区新四军历史研究会，成了一名新四军历史研究会会员。我多次参加浦东新区新四军历史研究会、宁波新四军历史研究会、上海市新四军历史研究会浙东浙南分会等地的会议，提供了很多珍贵的史料。还参与帮助寻找牺牲在浙江岱山县西大鱼山岛的烈士家属，以及为当地抗战时期鲜为人知的历史人物作认真分析，提供方便。其中，我认为非常重要的，是帮助寻找到牺牲在大鱼山岛的两位烈士家属。

协助寻找烈士后人

1944年8月25日（农历七月初七），日寇陆海空联合进攻大鱼山岛，新四军浙东纵队直属海防大队，与日寇展开激战。这次战斗打击了日寇侵华的嚣张气焰，开创了我军海岛作战的先例，在浙东抗战斗争历史上，是至今唯一被载入《新四军辞典》和入选专题片《新四军》的一次抗击日寇的英勇战斗，被誉为"海上狼牙山之战"。在这次战斗中，新四军浙东海防大队一中队76名指战员中，有43名不幸壮烈殉国，其中29名是浦东籍。

2015年，我和三哥应邀去大鱼山岛参加祭奠英烈活动。三哥常常记起父亲在世时曾经提起朱三宝牺牲在大鱼山血战中，于是他特别关注"革命烈士纪念碑"碑上的名字。可是三哥拉着我一起看了无数遍碑名，却没有找到姓"朱"的，他很失望。他说以前明明听父亲讲曾用海船派毛胡子去大鱼山岛给朱三宝收尸，但当地渔民说，尸体已全部被掩埋了。可别的烈士都有名字，为什么没有朱三宝？听说还有几位无名烈士，我们兄妹俩抱着一丝希望想，可能是遗漏的。于是我便跟陪同我们一起来的林家春（浦东新区新四军历史研究会原副会长）提起这件事。没想到林家春听了大吃一惊，说还有这等事，那一定要好好查查。我回家后，想起距家不远处的黄芳家，当时是父亲把朱三宝交给他的，先去打听一下。这事虽历经周折，但终于使整件事情有了结局。

朱三宝，乳名生生，小名胡生。父辈江苏人，他随父母来到我们南汇县东海滩五桥乡一村（现为浦东新区书院镇四灶村果园6组）落户。我们家在4组，因此两家成为邻居好友。朱三宝家里生活十分贫困，他上面有两个姐姐，下面有两个妹妹，其中一个妹妹送给了人家，还有一个弟弟朱邦范。全家从外地过来，没有田，搭建稻草和芦苇环洞舍，家里经常吃了上顿不接下顿。

1988年由岱山县人民政府建立的大鱼山革命烈士纪念碑，由海防大队政委吕炳奎题词

父亲知道朱三宝家入不敷出，经济拮据，就请他到盐行里做伙计。因他年轻力壮、头脑灵活、不怕吃苦，成了父亲的得力助手，深得父亲的信任。后来就让他跟着父亲出去进货，跑业务，他收入增加了不少，家里生活也有所改善。

那时候，地下党中有一个举足轻重的人物——黄芳，他经常到我家与父亲商量执行任务。有一次，他跟我父亲提出想要招募一个信得过的同志去执行任务，父亲再三考虑，虽舍不得，但还是将朱三宝介绍给黄芳。朱三宝跟了黄芳后，改名胡魁生（这个名字我们这边没人知道），为部队收集情报、秘密运输补给物品等。

平时，黄芳将朱三宝留家中，吃住在黄芳家里，还让他负责喂养自己的一匹白马。当时朱三宝才20岁左右，英姿飒爽的他在每天完成任务后就将白马拴在五桥小学门口，周围的人都十分尊敬他，特别是小孩，都特别羡慕、崇拜他。朱三宝身材魁梧，特别能吃苦耐劳，所以黄芳的老母亲特别疼爱他，把他当亲孙子一样看待，一直叫他乳名"生生"。

朱三宝在执行多次危险任务后，引起了日军注意，开始追查他。1941年，浦东部队要去浙东建立革命根据地，朱三宝随黄芳等人，在汇角子上船，去浙东革命根据地。后来朱三宝被送到海防大队，参加了大鱼山岛战斗。但不幸的是，过去没多久，便传来朱三宝牺牲的噩耗。朱三宝牺牲时，年仅23岁。

2015年，我寻找到黄芳儿子黄龙官，收集关于朱三宝的情况时，他说不知道朱三宝这个人，跟着他父亲的外地人名叫胡魁生，小名叫"生生"。这件事，附近年纪大一点的人都了解，但提"朱三宝"，他们谁都不知道。

林家春听到这些情况后，他对大鱼山岛纪念碑上"胡魁生"这个名字做了几次重点调查，因其"胡魁生"的乳名与"朱三宝"乳名相同，都叫"生生"，便怀疑"胡魁生"就是"朱三宝"。他曾通过我和三哥、黄芳儿子黄龙官、沈阿全儿子沈勤生、朱三宝弟弟朱邦范，以及隔壁邻居等人证实，确认"胡魁生"就是"朱三宝"。

据我三哥、黄芳儿子黄龙官、沈阿全（沈六妹哥哥）之子沈勤生及朱三宝弟弟朱邦范回忆，当年大鱼山岛战斗结束后，有人来报讯说，胡魁生（朱三宝）牺牲了。我父亲（黄矮弟）曾用海船派一个小名叫毛胡子的人去大鱼山岛收殓烈士遗体，但当地渔民说，尸体已全部被掩埋了，毛胡子空手而回。朱三宝父母得到父亲带给他们的确切消息，便在家中摆放了一只灵台，点上香烛，香炉旁边放上他曾为黄芳管养的那匹白马的马铃，作为他的遗物来纪念。

中华人民共和国成立后，朱三宝和黄芳被划分为富农，家属也背上"伪军土匪家属"的黑锅。"五反""肃反""文化大革命"等历次政治运动中，多次被抄家和批斗，分别把黄芳家老土布和箱子等物抄去；把朱三宝纪念灵台、遗物"马铃"和遗像全都收去毁掉；朱三宝弟弟的大床也都被砸烂。黄芳被划为富农，成为批斗对象。他曾向乡里汇报："朱三宝是革命烈士，你们不能这样乱搞。"但有的干部说："他是你家佣人，你和他都穿伪军制服的，还不服气，富农分子翘尾巴了。"黄芳无可奈何，回家对子女们说："以后你们千万不要再为我和胡魁生的事去找任何干部了，相信党和人民群众，最后总会搞清楚的。"所以直到黄芳去世，下一代都没去找过任何干部。朱三宝烈士也一直没有被追认。

家属们又回忆起：解放后省里曾派两个工作组上门，来调查后通知朱家和黄家人，可以到乡里申办烈士证件。但双方父辈和晚辈都一致拒绝："不要讲了，不要讲了，为了他，我们都吃了不少苦头。"长辈、小辈都被吓坏了，此事就此不了了之。

但是期待正义的人还是有的,原书院镇四灶村党支部书记王洪君同志系朱邦范儿媳妇,她多次劝说和安慰年迈的公公:"现在年代不同了,我们做晚辈的有责任向政府部门汇报和申诉,共同追认朱三宝的烈士身份。"林家春也安慰他们说,希望政府尽力调查,尽快追认朱三宝的烈士身份,这是对烈士应有的尊重。

现在终于确认,革命烈士纪念碑上,"胡魁生"就是"朱三宝"。朱三宝烈士的身份,也终究得到应有的尊重。

七十一年的寻亲梦

2016年6月28日，林家春开着自己的车，带着杨前林、杨金标，烈士钱一鸿（宏）的弟弟钱一鹏和我、大鱼山烈士家属和记者等一行7人，一路冒雨前行，于6月29日10时，登上了大鱼山岛，祭扫英烈。

接待我们的舟山市新四军历史研究会岱山工作委员会林通屿告诉我们：大鱼山岛地处偏远，岛上环境闭塞。每天客船只有一个班次，有去无回，岛上又没有住宿的地方。再说，如果天气不好，海上有雾气，船只就不能通行。如个人想祭扫是很难进行的。当他们得知林家春副会长想带钱、杨两家烈士家属前往祭扫的消息，他们非常欣慰，此行林家春还约了浙江卫视导演钟冶平，来大鱼山岛拍摄8集纪录片《血染我们的姓名》片段，当地部门高度重视，他们还特地为我们安排好住宿和行程。

令我们意想不到的是，这次大鱼山岛祭英魂，上岛的除了我们浦东的几位外，还有浙江省岱山县档案局（史志办）、舟山市新四军历史研究会、舟山市新四军烈士研究会岱山工作委员会、浙江省新四军历史研究会的部分代表；还有浙东游击纵队司令员何克希的女儿何竞生以及新四军女战士巴一熔的儿子黄明明等，他们预先得到消息后，也及时赶来大鱼山岛，共同祭拜。大鱼山还没有拆迁搬走的几位当地群众也闻讯赶来，约30多人共祭英魂。

"70多年，今朝终于寻到了。"看着杨金标从哽咽的喉头里说出的一句话，令我们同行的每一个人心酸。杨金标是杨阿根烈士的孙子，他是陪着73岁的父亲杨前林一起来祭拜亲人。

记得2014年，对大鱼山岛血战研究了十几年的林家春，向我打听一个叫杨阿根的烈士，只知道杨阿根出生在南汇县书院镇，1944年参加革命，成为新四军浙东纵队海防大队一中队战士，后牺牲在大鱼山岛。林家春说从2012年就开始打听杨阿根的烈士的家庭地址，但始终没有结果。

事实上，只凭仅有的地址去寻访烈士家属，简直像大海捞针。我思来想去，想起三哥（黄银楼）接触的人多，不晓得他知道否。我三哥听我一问，回忆了一下，连连说有。但他知道有3个叫杨阿根的名字，一个曾经是当兵的，一个是做生意的，还有一个是理发的，不知道要寻哪个。我和三哥经过多次打听，逐个排查，原来理发的叫杨阿关，是人家误听成"杨阿根"。

打听到确切消息后，我马上跟林家春说了情况。林家春就请浦东新区新四军历史研究会书院镇新研会小组的黄文清核实，于2014年的夏天找到了杨阿根的孙子杨金标。

当我看到杨前林佝偻着背，走到43位烈士姓名的碑面旁，颤巍巍地寻找到他父亲的名字，想弯下腰触摸，试了几次蹲不下来，就席地而坐，叫着"爸爸，我终于找到您了……爸爸，我终于找到您了……"我的心同样沉重。分离了几十年的亲人，却以这种天人永隔的特殊方式见面。杨前林伸出粗糙的手，一遍又一遍摸着刻在碑上父亲"杨阿根"三个字，喃喃自语，仿佛要把积蓄多少年来的相思一起对父亲倾诉出来，要把积压在心里几十年的"爸爸"叫上千遍万遍。倘若不是这样隔着石碑的亲切呼唤，谁能想到，当初襁褓中的婴儿因为战争而永远失去了年轻的父亲。孙子杨金标见此情景，忍不住与父亲一样，满含热泪，蹲下身子，他轻轻地连叫几声"爷爷"。

杨金标静静蹲在父亲杨前林身边，他说："这个地方让全家人魂牵梦萦了70多年，此刻的心情真的难以言表。"

刻在碑上的烈士名字

我听说就在出发前两天，杨金标的母亲意外摔倒，大腿骨折。为了祭奠牺牲在大鱼山岛上的烈士爷爷，杨金标把几个姑姑找来，托付了母亲，毅然决定带着父亲出发，他说："这一次机会太难得了，林副会长安排得很不容易，我们下了很大的决心。"

和他们几次交谈中得知,杨阿根虽然牺牲在大鱼山岛,但杨前林一家却也遭到莫名的不测。杨前林在1960年走上了当兵的道路,成为一名海南岛航空兵。退役回家后,因为父亲的问题而牵涉他,不让他在外洋捕捞大队上船出海捕鱼,更怕他"出逃台湾",说是因流传出杨阿根参加的是"土匪部队""逃在台湾"等流言蜚语。当时杨前林气愤难当,心里一直想着:父亲,你到底在哪里?在儿子杨金标想当兵时,杨前林就不让他去当兵。但杨金标还是不听父亲的劝阻,他相信自己的爷爷是奔赴抗日前线的英雄。

大鱼山战斗遗址

终于在 1986—1988 年，经过多方调查，杨金标找到爷爷确实牺牲在大鱼山岛的消息。1988 年，杨阿根被追认为烈士。

在祭拜英烈过程中，群众罗阿民根据当地习俗，双膝跪地，向英烈叩头拜祭，站起后又高呼"新四军万岁!"新四军和当地居民交往虽只是短暂的几天，战斗只打了一天时间，却让岛民们铭记一生，令在场所有的人对当地人民肃然起敬，应验了一首抗战歌曲"河里的鱼儿用水来养，人民的军队要靠老百姓来帮"这句话。大鱼山人民在每年的大年初一、清明和七月初七，自发地一年 3 次隆重地祭祀长眠在大鱼山的新四军烈士。烈士们长眠在他们的第二故乡，使家属们的心灵得到无限的宽慰。但还有 22 位烈士们的亲人在哪里？

组建睦邻点

1966年7月,我去了新疆,在新疆生产建设兵团农一师工作,在新疆阿拉尔待了5年,后来随连队到阿克苏汽车营。到了新疆,我什么活都做,开始时打土坯、盖房、种蔬菜,后在发电厂托儿所、幼儿园带孩子,再后到汽车营修车,直至1988年退休。1989年我回到故乡。

1987年,在新疆的家

我能有一种万难不屈的乐观精神,和我的家庭出身分不开,和我父母的教育分不开。父母经常教育我们"与人为善",

做小辈的谨记在心。

我退休回上海后，一有空余时间，便会邀上亲朋好友到家小聚，跳跳新疆舞，做做烤包子，和大家一起分享快乐。

2015年春，书院镇四灶村领导给我打电话说，叫我在家办个睦邻点。当时我不明白什么叫睦邻点。后来听领导给我解释了才明白，睦邻点其实是生活在农村老年人自愿形成和发展起来的组织，它以自然村宅为基础，让在家里的退休老人自愿走到一起，进行各种适应老年人特点的活动，排除寂寞，愉悦心情，安享晚年。

我仔细一想，确实是这个道理。尤其是农村的老人，他们大多数不识字，子女平时大多不在身边，非常寂寞、孤单。组织睦邻点，每个星期聚几次，组织一些活动：一起拉拉家常、跳跳舞、唱唱歌什么的；还做点公益活动，一起过个集体生日、想吃什么就做点什么吃。主要是我要无偿付出点精力，为大家服务。我听明白了，欣然接受了这个任务。我想，只要是有意义的事，我会心甘情愿，尽力而为。

我还听说我们邻村的外灶村5组几户家庭，以互帮互助抱团养老为目的，在几年前自发组织起了养老睦邻互助点，他们经常聚在一起举行各式各样的健康有益的文娱活动。同时，对点内任何一个家庭，如发生急难愁事，其他家庭就大力帮助，如有人生病，他们就轮流服侍照料。农忙时，互帮互助做好农作物的收割、播种工作。在农村为老年人搭建了这样一个相互了解沟通的平台，使邻里关系团结和睦了，还可以关心照顾有困难的老人，村宅矛盾也减少了，为和谐社区提供了基础性保障。外灶村的睦邻互助点使其他几个村的村民羡慕不已。

说起来简单做起来难。成立睦邻点，首先要腾出房子，我马上动手整理东西，但是仔细一想，我仓促间自作主张，要是万一儿女们不同意怎么办？资金怎么办？思来想去，我趁儿子张斌来看望时就小心地说："村里让我组建一个睦邻点，我想把自己的老屋改造一下，让村里周围的老人们有个活动点。"儿子一听，立刻答应，帮助收拾出房子，整体设计了一下，彻底改造装修了一番。经过儿女们2个多月的亲力亲为和侄儿们的大力帮助，一所漂亮的、有特色的农家小院、时尚小屋展现在眼前。室内还培植了一些花草，装了空调，还有厨房，锅碗瓢盆一应俱全。可在里面品茶、阅读、娱乐……取名"舒馨"睦邻点。

左邻右舍一看落成的"舒馨"睦邻点，十分新鲜和好奇，纷至沓来。不少老人感慨地说："吾伲（我们）四灶村终于有个活动的好地方了。"

"远亲不如近邻"，睦邻点是一个温暖幸福的大家庭，现有31位老年人，最大的年龄已有100岁。一季度一次的生日活动，我会买好蛋糕、备好小菜水果，叫上大家为这个季度内生日的伙伴祝福。平时还经常开展一些农家小吃品尝活动，包馄饨、做汤圆、裹粽子。每周必有一次团队活动，天气晴朗的时候，我们分成两批，能走动的，走出去到附近的草坪捡捡垃圾，做点力所能及的小公益活动；身体有不适的，坐在一起聊聊天。遇上天气不太好，我就在室内教大家下象棋、跳棋、五子棋，有时组织大家唱歌、跳舞、做保健操等；还为大家做一些健康服务：量血压、按摩等；请来志愿者给老人理发、磨剪刀……

下象棋　　　　　　　　　　　健康服务

老一辈苦过来的人有个共同点，就是节俭，凡事总是舍不得。特别是农村老人，年轻时他们常年生活于"面朝黄土背朝天"的境地，勤勤恳恳，辛勤劳作，大多数舍不得花钱。现在生活好了，但年纪又大了，子女又忙于为生活而奔波，无法陪伴出游。开办了睦邻点后，我们偶尔组织一些近距离旅游，回家后，老人们会兴奋好长时间，感慨万千。他们坐在一起谈论祖国快速发展的新面貌，整天乐呵呵地说："现在只要身体健康，就能看到外面的花花世界，争取长命百岁！"平时，我们喟叹岁月静好，却在不知不觉中慢慢老去。如今，哪怕是短暂的外出，都是人生的一大幸福！

生病探望，更是"舒馨"睦邻点的亮点。记得在2017年底，我村有个叫施克忠的老人，因生了一场大病，躺在床上无法起来，感到很痛苦和绝望，想一死了之。到了活动日，施克忠老人没来参加活动。我心想，他到哪里去了呢？于是我直接去他家找，原来他生病了。知道这一情况后，我就组织了12个队员，买了补品、水果等去探望这位老先生。到他家后，施老激动万分，两行热泪夺眶而出，不能起床的他，摇摇晃晃站立了起来。施老的小辈们都惊诧了,连连说:"黄素新老妈妈,你带队来看望他,他激动得能站起来了,真是奇迹。一病不起,躺了好几天都不起床,这还是第一次呢!""噢?这说明我们的团队是有凝聚力的。"不久,在大家的关怀和鼓励下,施老的病渐渐好了起来,重又回到了团队,一起活动。

一到周二,睦邻点热闹非凡,屋内时常传出阵阵笑声。小屋内整齐摆放着桌椅,一旁书架上琳琅满目的书籍,可供村民们闲暇时阅读。午后时光,大家在一起喝上一盏茶,谈天说地、有说有笑,宛如一家人。镇里有舞蹈老师下来为七八名阿姨指导舞蹈表演,阿姨们一丝不苟,跟着老师随着音乐有模有样地翩翩起舞。老人们欣赏着文艺爱好者的歌舞表演,在这里尽情享受怡然生活。老人们常说:"现在的生活越来越美好,我们也越活越年轻了。"

我喜爱文艺,曾在队上排过样板戏《红灯记》。经过大家一番推荐,非要我当场演唱,无奈之下,就唱了起来,结果获得了满堂喝彩。

最快乐的是我们一起唱卡拉 OK。因为农村里的老人很少参加娱乐活动,一开始,他们扭扭捏捏,谁也不肯开口亮嗓,于是我们推出几个胆大的,让他们放开嗓子高声唱,而且每次唱完还打分。后面不敢唱的人一看,跃跃欲试,欲一争高下。打分有高有低的,非常热闹、有趣,虽然说大多五音不全,可还是抢着唱。特别是集体过生日时更加开心,吃着蛋糕和汤圆、馄饨、长寿面等,唱着生日歌。每当看到其乐融融的场面,老人们高兴,我更开心,我时常想起父亲经常对我们说:"好东西先要让别人吃，然后再有自己。"

如今，我们以睦邻点为依托，持续构建"邻里互助圈"，满足老年人"不离家""不离情"的养老情结。

"原来我们坐在家里无事可做，闲得发慌，快要闷死了，现在黄素新妹妹给我们创造了这么好的一个活动场所，让我们的老人生活充满了阳光！""要谢谢妹妹！更让我们难忘的是，我们老人在生病期间，黄素新妹妹无微不至地关怀和看望我们。"这些话是几位老人常常说的。

几年来，由于我创办的睦邻点红红火火、有声有色，现正式被书院镇命名为"舒馨睦邻点"，在管理上、照料上更上一个台阶。我也经乡亲们推荐，被评为"书院镇最美老人"。

书院镇最美老人——黄素新

创建"返沪知青联络点"

2017年的夏天,我的知青小姐妹来看望时对我说:回来的一批知识青年在这里生活大多数不太习惯,有的父母还在新疆,在这里举目无亲。还说看我们这里农村环境不错,空气也很好,又邻近东海,还有很多旅游景点,想经常来玩玩,是否可行呢?我想,我家办了睦邻点,地方也不大。正好想到生产队有个废弃的仓库,能否把它租下来?但是仓库破旧不堪,摇摇欲坠,不太美观。我趁儿女们回家后,提出我的想法,没想到他们一口答应,经过商量、策划,他们立刻请人装修。几个月后,一间装修别致的房子出现在人们的眼前,逐渐成了周边村民喜爱的文化阵地。

我把老南汇周围一些熟悉的知青召集来,定好每季一次聚会。意外收获却是,远在新疆的知青们听到这个消息,也想来看看。

说来也巧,仓库装修后不久,镇文化中心和村干部来找我,他们与我不谋而合,说要在我家办一个知青点,纪念知青上山下乡50周年,把我在一起工作的战友、同事、朋友一起请来,搞个活动,大家热闹一下。我就跟他们说,我已经把知青点办好了,随时欢迎他们组织活动。

我想,政府这么关心我们这些知青,我愿意接受这个任

2017年,在书院镇文化中心纪念知青50周年暨叶辛新书首发(左一:黄素新,左三:叶辛)

务。我要发挥余热,利用有利条件为这些知青们全心全意创造温馨、舒适的活动环境,让他们看到大上海的高速发展。说实在的,我们这些人能回来安度晚年也很不容易了。现在,我每次把老少知青请到我这个知青点,大家仿佛回到了新疆,回到了过去。我们一起聊着以前的青春岁月、人和事,说说现在的生活,感慨万千。谁有困难了,大家各尽所能,能帮的尽力帮一把。想起我刚到新疆的时候,和现在这个新时代对比,真的是翻天覆地的变化。我退休能回到上海,回到故乡,儿女们也都在上海一起生活、发展,心里真是有说不完的高兴,这些都要感谢党中央对浦东开发开放的重要决策,感谢中国共产党、感谢伟大的祖国。

2017年,纪念50周年知青活动

现在,我们的"文化客厅"已经成了村里老年朋友的热门"景点",每次开展活动定会引来村民们的热情参与。常来活动的朱阿姨笑着说:"有了这客厅呀,我们的业余生活更丰富了,唱唱跳跳,都觉得自个儿年轻了。"我想,能够为大家提供一点地方,给乡亲们带来欢乐,自己也觉得高兴。

如今,这间小屋建设成"家门口"文化服务的延伸点。每周二,文化中心通过配送文艺培训、文艺演出、红色电影等丰富多彩的活动,为这里的老人们送上"文化大餐",其中不乏一些特色项目,如绿色植物栽种、烘焙烹饪等,让老百姓在"家门口"就能参与文化、欣赏文化。此外,知青点还成了一个敬老行孝的小平台,年轻人到这儿来做志愿者,教大家健身、唱歌、演小品,来自周边的老姐妹兄弟们,共同昭彰着孝行美德。

我们这里的老人，既在享受着亲情，又在享受着友情，他们的心是温暖的。大家看见我儿子张斌，总是热情地说："张总"来了，也有很多人会直接说："孩子来了，孩子来了。"好像他是大家的孩子，也是大家的一种牵挂和寄托。因为，他们都知道，今天有这样一个场所，享受幸福生活和趣味人生，都是因为有我这样一个孝顺儿子，有他，大家都感到很幸福。

我幸福的晚年生活

我上了年纪回到上海，孩子们又这般孝顺。我的儿女生活条件都说得过去，常常给我买这买那，隔三岔五嘘寒问暖。儿子张斌住在附近，他是思乐得的总经理，每天和媳妇一起来看我。记得1991年我在南汇光明医院开胆结石，本来他已经定好第二天去北京出差的机票，可因为我高烧不退，他一整夜都在医院陪我，没有回家去休息。儿子实在不放心高烧中的我，自作主张取消了北京行程，放弃了一笔赚钱的业务。我怎么劝都不行，他说生意是做不完的，而我却只有一个母亲……

我的小女儿事后对我说："想不到走南闯北的哥哥那天在您的手术单上签字时，手都一个劲地发抖呢。"开刀麻醉了三次，好在，手术很成功。

在上海生活的大女儿张美华、小女儿张培华，每周都会带了夫婿来看望我，姐弟三个聚在一起，做做点心、喝喝酒。我的外孙、外孙女都跟我很亲，外孙女更像贴心小棉袄，她在澳大利亚留学时，天天晚上给我打电话："吃什么，肉类吃了没有？冷不冷，穿什么？外出了没？活动些什么？"都是她小嘴里的话题；她还怕我肉痛（浦东方言：意思是"舍不得"）花钱，不让我主动给她打电话。假期回国的时候，都会和父母陪着我去外地走走。我们穿红戴绿，有时还穿民族服装扮起来，拍拍照，非常开心。

我是儿子"思乐得"保温杯的活广告，走到哪里，就拿着儿子厂里生产的水杯宣传，现在更是喜欢上了宣传"小焖锅"等新产品。儿子经过29年的打拼，已是行业的佼佼者。他们公司的产品包括保温杯、壶、瓶，形成了"居家系列""旅游系列""办公系列""酒店系列"四大系列共300多个品种，远销欧美、日韩、澳新等50多个国家和地区，是外商在中国商品行列的首选商品之一。

幸福一家

每次我这边有什么大的活动，或者有难得来的客人，儿子总是提前和我商量好，准备好一定数量的保温杯作为赠送礼品。这些礼品，都是儿子花自己钱在公司里买的。至今，我不知自己到底送出去多少。曾经，也有人为我计算花在"睦邻点"和"知青点"上的费用，我都一笑了之。我确实不想计算个人得失，我的付出使那么多人得到快乐，何乐而不为？当别人在孤独无助的时候，有双手伸过去，温暖了他一下，这种感觉弥足珍惜，于我于他人都是人生的一大幸事！

神秘的小花园*

记得我小时候，我家房间后面有个小花园。院子的外面一圈种了一些凤仙花、扣子花，还有染指甲的胭脂花，开的花一串一串的，很好看，女孩都特别喜欢。

这个花园叫无形圈，因为周围一圈没门也没有通道，因而我当时很奇怪。这花园要从我家房间的窗户里跳进去，而且平时只有3个人可以进去：我阿爸、二哥黄顺楼和三姐黄素琴。从我记事起就从未进去过一次。他们进去的时候总会把我支开，这样反而激起了我的好奇心，想看看里面到底有什么？为何不让我进？于是我心心念念等待机会搞个明白。

大约在1947年的一天，家里来了五六个客人，父亲正在客厅里忙着接待，母亲和大姐则在烧饭。这时我发现二哥和三姐不见了，找了一圈都没看到他们，正在奇怪时，转身看见他们在无形圈里好像在晒什么东西。我机灵地钻进小花园，想不到立即就被二哥三姐连拉带抱地推了出来。我当时觉得特别委屈，哭着跑去向母亲告状。父亲看到我哭得厉害，连问："小姑娘怎么啦，谁把你弄得哭成这样？"我还没停下来，又听到父亲严肃地说："不许哭，家里还有客人，没礼貌。"因为从小到大我很

---

* 此文系黄素新对自家小花园的回忆。

少那么大声地哭，父亲虽然心疼，但碍于家中还有客人，也不好冷落客人。当时我又生气又害怕，吓得马上停止了哭声，可泪水还是止不住地往下掉，记得母亲那天系了一条工作裙，我便躲到母亲的裙子里无声地哭着。母亲弯下腰轻轻地问我："小姑娘，你到底为啥哭成这样，谁打你啦？"我告诉母亲说："没人打我，是二哥和三姐，他们不让我进小花园，他们都能进，为什么就我不能进去？我就是要进！"母亲一听就明白了，说道："原来为了这事，不要再哭。这规矩是你阿爸定的，多少年了，连我都没进去过。你一定要进去，只有问你阿爸。我做不了主。"一听是阿爸定的规矩，我跑到正在灶背后烧火的大姐身边，又开始抽泣哭起来。其实我一钻进花园就看清了，里面并没有什么稀奇古怪的花草，而是客人淋湿的衣服挂在那里，周围一圈还有几支枪和一些书报之类的东西。

直到1949年后，我才知道那个小花园到底有什么用，原来是专门存放游击队的文件、枪支和衣服等。为此父亲才定下规矩谁都不能进那个花园，并且里面那间房子一年四季都门窗紧闭，再用破床单钉好。那时我才明白父亲在战争年代，默默地为国为家做了那么多事。

父家不论在家里还是外面。他总能把事情安排得井井有条。我家是联络站，地下党进进出出从来没有出过差错。凡是来的人，无论是吃住还是过往，都能被妥善地安排好。像胡汉萍在我家住了半年多，他的公开身份是某个公司的账房，父亲担心他暴露，还将三哥过继给他，并说他是我家亲戚。蔡鹤鸣在周浦战斗中受了伤，就在我家养了4个月的伤，父亲对外则说是请来的教书先生。等伤养好后，还亲自把他送到苏北革命根据地。秦小康（又名秦克强）是地下党联络员，父亲就安排他表面上在我家出资的顾杏荣豆腐店当学徒。倪春新也是地下党派来的联络员，是苏州人，父亲帮他找了一个对象，还给他们在海塘边搭了一个草棚存身，住在里面用来掩护。1949年农历6月29日大潮冲垮海塘，这对年轻人不幸遇难。是父亲和我大哥黄富楼、二哥黄顺楼和三哥黄银楼，找到他们被稻草绳子缠绕在一起的尸体，然后用棺材送他们入土的。父亲虽嘴上不说，但我看得出父亲心里非常伤心。

另外，家父还为地下党开盐行、开豆腐店、办学校等，这些事表象是个人营生，实则为暗地保护地下党和新四军等提供方便。

我的父亲[*]

天人相隔，音容犹存。"父亲"——是天赋的骄傲，是隐忍的不屈，是正义的化身，是家族的脊梁。

父亲黄志伦曾是五金加工及建筑行业的负责人，即便种树人不能成摘果人，反惨遭厄运，也未见其叹息埋怨。父亲喜欢小酌，偶然有两次叹息良多，说起自己以优异的成绩考上了大团中学，却因成分问题而无法上学，当时伤心至极，站在五号桥的中央，当场折断心爱的钢笔，以告慰自己的求学梦；另一件则是被当作反革命分子后代的典型，胸前挂着"反革命子女"的牌子，被反绑着双手在村里的万人大会上进行批斗。父亲说他们硬摁着他的头要他向广大群众认罪反省，虽动弹不得但还是硬抬起了头，虽寥寥数语却镌刻在幼小懵懂的我的心里，直至今日恍如昨日。

随着岁月的推移，才明白为何每次过年母亲总会偷偷掉泪？为何即使顶着透支困难大户，在众人异样的目光中，父亲仍会坚持不惜动用一年到头全部的家当，凭借为数不多的钱千方百计找线索、寻证人、写材料，整整历经7年终于让爷爷得以平反昭雪。其间的艰辛与坚毅需要何其强劲的支撑！也渐渐

---

[*] 作者系黄慧杰，黄矮弟的四儿子黄志伦的小女儿。

明白为何父亲会对"乙级大曲"高度白酒钟爱有加,是背负沉重后的些许释怀,是重启斗志的片刻休憩,是家族担责的自我重启。

记得长辈会说起年幼时的父亲,特机灵特聪明,3岁时为躲避日本鬼子的扫荡,在高粱地里爬行,机智灵活根本无需大人操心。随着年龄的增长,吃了不少的苦,在阶级成分特讲究的年代,母亲因与父亲谈恋爱而被开除了团籍。父亲是位特懂感恩之人,每每说起外婆总记着她的好,迫于生计父亲有好长一段时间会每天起早贪黑在坎坷不平的泥泞小路上来回五六个小时,在饿得头昏眼花腿脚不听使唤的时候是半夜守候的外婆偷偷递上的半碗白米饭。在只能靠麸皮狗粮过日子的岁月,深夜归来饥肠辘辘疲惫不堪的父亲,"半碗白米饭"在多年后仍是他心中最珍贵的回忆。

父亲是位不怒而威的长者,虽然生了我们5个子女,家中却从无打骂声,小时候家中来客,我们从不上座。大家族中无论上至找工作下至劝架,只要"小爷叔"讲了,均无异议。同时父亲也是一位特善良亲情至上之人,当初二伯受爷爷事件波及,英年早逝,留下尚且年幼的10个子女,为照顾孤儿寡母一家人,父亲放弃了一家子到五七农场转正的机会,帮助大家族成员从造房娶妻到拜师学艺,直至全部成家立业。父亲的朋友也多,记得小时候,每每放假,我都会在原闸北区好客的毛经理家待上一阵,在乡下从未看到过的原闸北区6层楼建筑工地玩耍。

在我的记忆中,虽然造化弄人,但从未见到颓废的父亲,无论从事哪个行业，他的办法总比困难多。父亲总是走在潮流的前沿，记得当初我家砌造的五上五下楼房时，是村里除河东出国赚钱舅舅家的楼房外的唯一一栋，引来多少人的侧目，乃至招来工作组一个月的蹲点排查，当时还上幼儿园的我揪心得老是想偷偷跟着父亲，心中害怕之极。有道是真金不怕火炼，工作组调查的结果，不仅给予了父亲高度评价，并且以两袋小麦作为歉意，还了当初作为建筑工程负责人的父亲的清白。

有时，我总会想如果当初父亲能不受家庭成分影响，那呈现的将是一个什么样的人生？但细细想来，父亲身上流淌着爷爷的血，继承了爷爷大气睿智、百折不挠、舍己为人、正直感恩的优秀品质，一生平凡却精彩依旧，为后人所称颂所骄傲。七年艰辛换得今朝如常，黄氏子嗣享有了政治生活上的平等权。大姐青年时只能眼巴巴看着别人参加民兵训练，而自己却被拒之门外的遗憾不复存在了。如今，仅我们一家子就有5位党员。父亲说过再苦再难，他一定要让子女后辈不再遭受政治上的歧视，他说到也做到了。

我的爷爷为抗日战争、解放战争的胜利不惜舍身成仁，与二伯早早离世，父亲则肩负大家族的使命，不畏艰辛，平反昭雪，时代相异精彩人生却相似。我为有这样的父亲而骄傲！为生长在这样的大家族而感到无比的自豪！

第三代：张斌

第三代是黄矮弟之外孙张斌，他生于新疆，大学毕业后回浦东创业，在改革开放的阳光下成长，参与浦东的开发开放。家庭氛围和社会环境的影响，让他在浦东热土上成长为勤奋实干、勇于开拓的知识型一代。作为一位成功的企业家，张斌心中怀着感恩、慈孝、传承的理念，热心于社会公益事业，在多个社会团体发挥了重要作用。

一笔宝贵的精神财富

张斌的成长道路,更离不开家族文化的影响。

1979年,他从新疆来到黄氏家族祖祖辈辈生活的地方,进新港中学学习。不久,母亲黄素新也从新疆建设兵团请假回老家,为了洗清父亲的冤案,讨回公道,走上了上访之路。而要上访,需做好充分的准备,在整理好证明材料等各种资料的基础上,写诉状。年仅12岁的张斌就成了母亲最好的帮手。他白

1982年,在上海人民公园和14岁的儿子张斌商量关于外公的事

天到学校读书，放学后帮母亲整理摘抄资料，星期天也不出去玩耍，而是埋头于各种材料之中。正是这批资料，集中体现了黄氏家族的文化，是一笔宝贵的精神财富。整理资料的过程，张斌明白了外祖父黄矮弟的爱国情怀，学到了外公为抗战胜利甘冒风险、无私奉献的高贵品质。他看到了外公在家乡创办学校，1949年在海难中率领全家抢救落水群众等一件件义举。同时，他也看到了家庭的不幸，看到了外公在特殊时期所经历的悲惨遭遇。面对蹉跎岁月中的一系列问题，促使他少年早熟，形成爱读书、善思考，处世深沉稳重的性格。初中时期的这段经历，使他开始懂得了如何处事，怎样待人，这对日后的成长至关重要。

1985年，黄矮弟冤案获得平反后，黄素新没有停步，继续寻访父亲当年的抗日足迹，一次次前往浙东四明山抗日根据地，到余姚市的古窑浦、相公殿，到慈溪当年南渡登陆的海边滩涂察访，到大鱼山岛协助寻找革命烈士的下落。作为身担企业重任，又在多个社会组织担任领导职务的张斌，工作十分繁忙，时间十分宝贵，但工作再忙，他也尽量安排时间陪同母亲前往，一起参观革命历史遗址，调研外公当年抗日的足迹。一次，他正在宁波参加重要的会议，而母亲正与浦东新区文史学会的同志在余姚征集史料。下午会议一结束，他马上乘火车赶往余姚，一起参与史料的收集整理，从中可以看出他对革命斗争史的重视，对家族文化的珍爱。自幼在边疆成长以及从初中开始帮母亲整理资料的亲历、亲闻、亲见，让他获得了宝贵的精神财富，看到了抗战的历史，看到了时代的发展、社会的进步，也让他感受到了前辈的爱国情怀，意识到传承家族文化的责任，所有这些都成为他前进道路上的精神动力。

参观古窑浦革命历史陈列馆

践行"工匠精神"的带路人

举世瞩目的浦东新区开发开放,在吸引大批跨国公司和国内大企业的同时,也培育了一批土生土长的民营企业,诞生了一批民营企业家。他们勇于开拓,积极进取,在市场经济中不断成长、壮大,浦东国际商会会长张斌就是其中的代表。他能把小小的不锈钢保温杯发展成知名品牌,靠的是有企业文化的一个团队,以及践行"工匠精神"的带路人。

张斌,是上海市浦东新区"上海思乐得不锈钢制品有限公司"(简称"思乐得")总经理。主要生产基地位于东海之滨的上海市浦东新区书院镇外三灶。

1991年,思乐得借着上海市浦东新区开发开放的"东风"而生,张斌作为思乐得最早的创始人之一,怀着梦想,以满腔的热情投身中国最早的不锈钢真空保温器皿(杯、壶)行业。他从基层做起,财务、办公室销售、总经理助理、副总、总经理,至今为止,他在这一行业摸爬滚打了29年,亲历了不锈钢保温器皿行业在中国的起步和发展。

在2013年10月《上海中小企业》月刊、2018年1月《浦东国际经贸》杂志(总第105期)、2019年《上海轻工业》双月刊(总第212期)等,张斌多次被作为封面人物刊登亮相。

思乐得,思,即思于勤;乐,即乐于行;得,即得于道。

张斌倡导"一辈子,一群人,专注做好一件事",对员工、消费者、社会勇于承担责任,坚持"思于勤、乐于行、得于道"的文化理念和"纪律、责任、创新"的管理理念,做好企业。

张斌是中国日用杂品工业协会口杯(壶)专业委员会副会长。20多年前,思乐得的第一款首长杯、子弹头保温杯,就是自主研发创新的产品,它的产品曾引领了行业的方向,并打进国际市场。但也曾受到"冲击",不过最终在张斌的带领下,思乐得实践由传统的产品制造型向品牌经营型的积极转型,因质量过关,赢得了市场。

思乐得对质量问题采取"一票否决制"。一旦发现任何违规质量问题,公司相关领导干部职务立即无条件降一级并留察3个月。对于一线工人来说,质量则关系到"饭碗",公司通过ERP系统,实时管控各工序的质量,以此为依据按月考核。还严格按项目管理要求常年持续开展15—20项质量及技术管理工作,并每年选定一项重要工作作为"一号工程"来重点开展,以"减少返工率"作为一号工程来抓。经过4年实践,返工率由5.5%骤降至1.5%,既提升了产品质量,又使可比成本逐年下降。质量是灵魂,是企业生存之本,在此基础上,思乐得连续不断制造出新的品牌,获得了多次奖项,令同行刮目相看。

2010年,世博会在中国上海盛大举行,思乐得被认定为"世博会家用金属制品及塑料制品特许生产制造商",思乐得精美的保温杯壶瓶及家用塑料器皿成为上海本土品牌的骄傲。

2012年,思乐得产品获得了由中国质量检验协会认定的"全国质量检验稳定合格产品"称号,焊接和抛光QC小组被命名为"全国轻工业优秀质量管理小组",冲焊车间熔接组和包装车间打砂班被命名为"全国轻工业质量信得过班组",该企业还被中国轻工联合会评为全国轻工行业"卓越绩效先进企业"。思乐得的外贸出口增长达 14.1%,曾获得由国家工商行政总局颁布的"中国驰名商标",并连续多年获得"上海市名牌产品""上海市出口名牌"称号、上海出入境检验检疫局颁发的"一类管理企业"。

尤其是 2013 年 9 月,"中国真空气压壶中心"落户思乐得,一举荣膺"中国轻工业日用杂品行业十强企业""中国杯壶行业领军品牌""第八届亚洲品牌盛典——亚洲品牌 500 强"、上海市"高新技术企业""上海城市公众满意企业"称号。思乐得生产的不锈钢保温制品 80%销往国外,无论是多年的国际品牌贴牌销售,还是如今主打自有品牌,海内外订货商大多是 15 年以上老客户,他们对思乐得的产品质量都交口称赞,评价很高。

2015 年,思乐得发布最新研发的无火焖烧的焖烧锅、保温碗等节能环保的健康制品。再次闪亮登场意大利米兰世博会,思乐得新颖的杯壶精品和厨房用品在世博会中国馆里惊艳展出。并在"互联网+绿色精品制造路在何方"的主题沙龙讨论上,通过"微分销"新型网络渠道来扩展销售,以年创税 3 000 万元的佳绩,为中国的消费者提供更好、更丰富、更安全的绿色健康产品。

同年,"思乐得生活馆"应运而生,思乐得从"专柜"到"生活馆"见证了企业的成长。

"思乐得生活馆"成功地从郊区到市中心,从上海到长三角,甚至到北京、武汉、湛江而走向全国,以至海外,在俄罗斯开设了"思乐得生活馆"专卖店,并利用移动互联系统,做好"产品+推广+售后"模式,使产品走向世界。

2015年国庆期间,思乐得与格力、海尔等一起入选"走向世界的66个中国品牌",在美国纽约时代广场黄金大屏幕上闪耀亮相,站在世界的高度,让世界欣赏"中国智造"。

2015年11月19日,有着中国工业设计界"奥斯卡奖"之称的"中国设计红星奖"的颁奖典礼上,思乐得的"单手直饮运动水杯",从来自18个国家1 566家企业的6 025件产品中脱颖而出,荣获"中国设计红星奖"的殊荣,让同行们为之震惊。

思乐得生活馆

15年前，国内有保温杯生产企业2 000多家。一些从事传统产业的中小企业迫于成本压力，纷纷选择走出上海。还有一些厂家过于追求眼前利益，利欲熏心，使用危害消费者健康的不锈钢材质，生产低成本的廉价产品，在研发和品质追求上无任何投入，最终，许多企业都成了短命企业或维持型企业。张斌认为水杯、水壶是经常使用的生活用品，必须坚持按国际上最严格的行业标准生产产品，不管是美国的FDA食品认证要求，还是欧盟的REACH食品认证要求，思乐得"稳扎稳打"，在艰难中探索、奋进、崛起，年年通过第三方认证并自觉遵守运行。思乐得还在工厂内部投入巨资建立了行业级的不锈钢保温器皿检测中心来确保产品的质量，并在行业中公开承诺仅使用符合食品安全认证的材料，绝不生产不符合国际一线品牌标准的产品。

因为"思乐得"质量过硬，赢得了市场；因为实施了精细化管理，思乐得迈过了在上海立足的成本槛；因为对质量、环境、职工健康等体系认证的高度重视，思乐得获得了社会的认可与肯定，赢得了消费者信誉。浦东新区东海农场联合上市的20多家厂家，如今只剩下思乐得一家。

捷报频传，2016年，又传来喜讯：思乐得出品的一种能够指路导向的智能型野营水壶，荣获国际设计权威大奖——iF设计奖。

2017年3月，思乐得报送的两款不锈钢真空保温壶（乐尚壶和乐致壶），从来自全球54个国家万余件产品中脱颖而出，一举斩获两个德国"红点奖"，赢得了最具权威的品质保证。

"天道酬勤",总经理张斌坚持"思于勤、乐于行、得于道"与"一群人、一杯子、一梦想"的精神,专心、专业地致力于不锈钢保温器皿制品(杯、壶)行业,成为集研发、生产和品牌终端服务为一体的企业。并且处处以技术领先、质量过硬、服务细致、积极承担社会责任而处于行业的领先地位,循序渐进形成"思乐得""LUOTUO""SOLIDWARE"的品牌体系而连年荣获"上海名牌""上海市著名商标"称号。

2018年,思乐得的全钢法压壶(乐咖壶)又力压群雄,从上万件顶级作品中,一举摘得美国工业设计奖——IDEA奖的皇冠。同年,这一产品还揽下2018iF奖和第124届中国广交会CF奖。一年之内连获3项国内外权威设计大奖,在全球保温杯行业尚属首次。

2018年的思乐得,已是行业的佼佼者,年度营业额达到4.2亿元,利润总额达到3 000余万元。产品包括保温杯、壶、瓶,形成了"居家系列""旅游系列""办公系列""酒店系列"等四大系列共300多个品种,远销欧美、日韩、澳新等50多个国家和地区,是外商在中国的首选商品之一。出口比重高达80%,年创汇5 000多万美元,其中约40%的目标消费者竟然在美国。

作为上海企业的优秀代表,思乐得响应"一带一路"计划。这些年,张斌带着"中国制造"保温杯去了许多国家。但令他记忆深刻的是肯尼亚之行。那天,当他与同伴走在肯尼亚大街上时,发现不少当地人热情地跟他们打招呼,称他们为"阿里巴巴"。张斌不明就里,以为这个称呼是当地人对中国人的友好称赞,后来才知道,肯尼亚人说的"阿里巴巴"是"阿里巴巴与四十大盗"故事里的主人公,也是假冒伪劣产品的代名词。尽管肯尼亚等不发达国家,因为贫穷仍需要廉价的物资,但中国外贸市场如果一直出口这些劣质产品,就会让国外消费者深恶痛绝,不再相信中国企业。张斌语气坚定地说,"外贸再难,我们也绝不走低端制造路线,不做'阿里巴巴'"。

2019年3月12日,"雪龙号"科考船第35次南极考察队历经131天3万多海里的艰险历程胜利归来。而伴随这次考察队远征南极的思乐得不锈钢真空保温瓶,也经受住了极地严寒的考验。在恶劣的气候环境下,不仅携带方便,安全可靠,而且其在极为严寒的环境下卓越的保温性能,因而成为考察队员的"暖心宝贝",获得了交口称赞。

在思乐得,人人都知道"三大纪律""六项注意"和"必须作为"。哪怕是扫地的清洁工、门岗的保卫员、食堂的炊事员,都能记得清清楚楚,说得琅琅上口,做得扎扎实实。

"三大纪律"是指:组织管理纪律、工艺纪律、工作生活作风纪律。"六项注意"是指:注意工作中的心态、细节、借口、时效性、协调性、主动性。"必须作为"是指:在工作中强调"积极作为,拒绝平庸,反对不作为行为";在工作关系中强调"没有卑微的工作,只有卑微的心态";在改革发展中强调"没有夕阳的产业,只有夕阳的企业","用创新发展的思维去做我们的事业"。

"纪律、责任、创新",正是思乐得的核心管理理念,要求各项工作必须体现精益化管理的要求,实现企业的可持续发展,并演化出许多生动的案例。而"1号工程"就是其中的一个杰出代表。

与此同时,思乐得在企业内部设立一项非常特别的"创新奖"。特别就在于,只要你想得出,马上就可以设立一个奖项。就这样,先后围绕产品、技术、工作流程、组织架构等陆续设立了10多个奖项。集思广益,造成企业内人人想创新、人人争创新的良好氛围。全体员工人人都可以提出合理化建议,哪怕只是一个小点子,只要有可取之处,至少可以给予200元奖金;每半年要隆重举办一次"创新奖"评奖,根据成效,予以重奖。

思乐得的主要生产基地位于浦东书院的东海之滨,时刻关注生态环境的保护,绝不让未处理的一滴废水流到厂外。多年来,思乐得在环保上一直积极投入,不管是工业还是生活用水,都严格做到了达标排放。对产生的抛光粉尘也采取了回收处理,与部分不锈钢制造企业粉尘漫天、油腻满地的制造现场相比,思乐得的抛光及包装工序是在同一屋檐下进行的,成为行业中的美谈。

"一杯暖人心,一生思乐得",既是座右铭,又是真写照。思乐得人每天都在通过他们的劳动和创造,给人们递送着一份又一份温暖和热情。

2019年,在中华人民共和国成立70周年之际,中国日用杂品工业协会举办了日用杂品行业突出贡献人物榜单发布会。在70年历史发展的长河中,日用杂品行业已经成为我国消费品工业的重要组成部分,与新中国共同成长,为满足人民日益增长的美好生活的需要做出了重要的贡献,同时也涌现出了一批根植行业、为行业发展勇于奉献的突出贡献人物。张斌就是杰出的代表，包括张斌在内的26名同志荣获"新中国成立70周年日用杂品行业突出贡献人物"称号。

思乐得，是技术迭代、新产迭出、荣誉叠加。思乐得总经理张斌荣获"上海轻工振兴奖"，思乐得公司也荣获了"上海轻工卓越品牌奖""中国轻工业科技百强企业"称号第34名，还获得了"上海市工业设计中心"的称号。

在荣誉面前，作为浦东国际商会会长、思乐得总经理张斌，带动全体员工，以激情面对挑战，用行动追逐梦想！

2020年7月3日上午，浦东新区政协主席、党组书记姬兆亮，秘书长兼办公室主任奚德强，人资环境委主任朱亚军来到上海思乐得不锈钢制品有限公司，实地调研疫情后企业运营情况，并听取基层对于企业营商环境的意见和建议。书院镇党委书记王新德、副书记陈伟平等一行领导参与调研。

疫情以来，思乐得积极采取有效的防控措施，成为浦东新区第一批复工的企业，自2月10日复工至2月底，复产率达100%，员工到岗率98%。

总经理张斌对思乐得在疫情防控、复工复产及现阶段所面临的困难、举措及取得的成效，包括作为浦东新区政协委员履职情况和对未来工作的一些思考和想法，向政协领导一一作了汇报。

复工至今，尽管受到国际市场的严重影响，但思乐得的脚步从未懈怠，深化自动化改造、提升工厂"6S"现场管理、研发团队加快研发新品、青年核心员工集训、拓展市场销售……

面对挑战，张斌用行动追逐梦想，他相信未来一定会更光明！

2020年8月4日下午，上海市浦东国际商会第四届会员代表大会第一次会议暨第四届理事会第一次会议在上海国际会议中心召开。此次会议共有400余家会员企业参与。

上海市浦东国际商会的职责是促进外贸经济技术合作，为会员企业提供经贸信息和咨询，开展与世界各国经贸界的联络工作，邀请和接待外国经贸界人士来访，组织经贸代表团出国访问，提供知识产权、法律咨询服务，举办各类讲座及沙龙活动，组织中外企业洽谈会、项目说明会等活动。

在这次四届一次理事会上，上海思乐得不锈钢制品有限公司总经理张斌荣任会长这重要一职。

在荣誉面前，思乐得人很清醒。他们知道，开创事业的征途上，还有无穷的空间，更有无尽的挑战。张斌总经理说："过去的就让它过去吧，让我们从头再来！"

"品牌不是靠宣传出来的，而是靠历史沉淀。我们把社会责任作为核心，运用独特的精细化管理模式，更注重企业的可持续发展。在消费者利益、社会层面利益、员工综合利益与股东利益四方面综合考虑，实行长期共赢。思乐得倾尽全力所打造的，不只是一个中国传统制造企业，更是一个中国民族品牌。"

成功企业家的风采

张斌作为一位创业成功的企业家，专注于企业发展的同时，心怀感恩，热心公益，用他的言行，致富思源，奉献爱心，努力尽好社会责任，书写了一位企业家的风采。

在家中，他不忘关爱父母，孝敬长辈，教育好子女，也尽心尽力帮助亲友中有困难的家庭。多年前，姐姐家经济发生困难，张斌主动帮助抚养姐姐家的孩子，把他们当作自己的孩子一样对待，承担他们的一切学习、生活费用，直到走上工作岗位。一位多年相处的同事患病，张斌同样自掏腰包，帮助同事孩子读书生活，直至大学毕业。待人大方、乐于助人的张斌，自己又十分节俭，能省就省，从不浪费。他能这样做，也要感谢同样通情达理的贤内助陆志英。夫唱妇随的和睦家庭，实现了张斌"家和万事兴"的愿望。有一次，张斌与陆志英一起陪同母亲到浙东寻访外公到过的红色足迹，途中车子出现了意外，但全家没有一句埋怨，只有安慰，一家人齐心协力去克服困难。

对待同窗、朋友，张斌以诚相待，以温待人。曾在新疆财经大学一起学习的40多位同窗，毕业走上社会后，大多先后来到浦东，或参观考察，或重温同窗之情。对每一位来浦东的校友，张斌都热情接待，尽好东道之谊。

在书院镇，"思乐得"是家喻户晓的民营企业，而企业的当家人张斌以"一杯暖人心,一生思乐得"为理念。公司与多所学校结对,关心学生的成长,并一次次地捐助学校。他关爱社区老人,在村里,创办睦邻点,过年过节,他总会去镇敬老院,为孤老送慰问金、重阳糕,让老人们过一个圆满的春节。

2017年春节前夕给书院镇养老院的老人们送上年夜饭

2018年9月给书院镇养老院的老人们送上一台戏

2019年重阳节给书院镇养老院送上最新款的国庆纪念杯

而当国家需要的时候,思乐得公司与张斌更是全力以赴,出资出力，为国家尽一份力。2020年防控疫情，企业遇到一系列的困难，张斌首先想到的是职工思想的稳定和福利待遇的保证，他组织军事训练、技术培训，团结员工。他带领公司千方百计通过各种渠道采购口罩等防疫物资，及时捐献给浦东新区有关部门。而作为浦东新区政协委员的张斌，带领公司积极参与防控疫情并捐资的同时，他个人又在政协捐资2万元，以表示对社会的责任与爱心。人们也从张斌的身上，看到了黄氏家族文化的传承、发展。

记忆是一种力量[*]

上海是母亲的根,新疆却是母亲的魂。因为支疆,母亲把最好的青春岁月、热血干劲,都留在了那片让她始终不能忘怀、魂牵梦绕的地方——新疆阿克苏阿拉尔。

"阿拉尔"这个地名相信很多人一定很陌生,它确实很远,距上海约5 000公里,位于天山南麓,塔克拉玛干沙漠北缘,阿克苏河、河田河及叶羌河在此交汇成塔里木河上游,"阿拉尔"在新疆维吾尔语中是"绿色岛屿"之意,它就是塔里木盆地里的一片绿洲。1957年,新疆生产建设兵团农一师奉命进驻阿拉尔屯垦戍边,1966年母亲同父亲响应党的号召来到这儿,两年后,我在这儿出生,成了地道的新疆上海人。

我生于祖国边陲新疆,在1985年10月进新疆财经大学学习,获经济学学士。2020年11月,又到美国蒙东那大学深造,获研究生、理学硕士。在20世纪八九十年代,能赶上改革开放的新时代,无疑我是幸运的,也是幸福的。我在1989年大学毕业后,迎着浦东开放开发的春风,我回浦东创业。但作为阳光下成长的黄氏家族新一代,我脑海中深深地印上了童年时随父母在艰苦环境下生活的烙印。我永远记得,老一代知识青年在

---

[*] 本文作者系张斌,黄矮弟的外孙。

张斌在新疆的留影

荒凉的戈壁土地上,就地取材建造最简便、最流行的"地窝子"住房,王震将军带领三五九旅指战员在祖国边疆战天斗地的感人事迹。正是这一群平凡的战士,第一代拓荒人,长年累月在荒原上挥汗如雨,开垦出一片片良田,创建一座座城市。后来我每每走进三五九旅屯垦纪念馆,看到一幅幅历史久远的老照片,感悟老拓荒人的精神,就会想起我们一家人的经历,这种抹不去的记忆,更让我懂得了饮水思源,懂得了艰苦奋斗。

记忆是一种力量,可让人终生受益。

为了重温曾经的记忆，我与母亲经过多年的准备和筹划，时隔50余年，于2018年8月8日终于重返阿拉尔。

黄素新与张斌在新疆阿克苏留影

从阿克苏驱车前往阿拉尔，沿途不变的依然是戈壁和沙丘，又见一丛丛的红柳，挂满硕果的沙枣树和一排排笔挺的白杨树，母亲眼中早已闪着激动的泪光，幸福的笑容荡漾在她泛红的脸上。穿过塔里木河，便来到了阿拉尔，现已成为阿拉尔市。昔日印象中的阿拉尔早已改变了模样，当年记忆中的几条土路、几片掩映在白杨树、胡杨林中的那些小沙漠和绿洲，它们已然变成了高楼林立，道路宽阔，绿树成荫，小桥流水，这儿俨然成了一个名副其实的塞外江南，一个现代化的城市了。

母亲来这里之前一直有个愿望，想带我去看看50年前我出生的那个医院——阿拉尔医院。于是，我们很快行动，到市中心找到了这家医院，现在是阿克苏农一师医院，一座规模庞大的现代化大医院，它的前身确是由几排土坯房组成的阿拉尔医院，而现在已完全没了过去的踪影，50年后重游出生地，我们母子俩兴奋地在医院门口拍了合影。

随后陪母亲去参观三五九旅屯垦纪念馆，三五九旅屯垦纪念馆于2009年建成，2016年入选《全国红色旅游经典景区名录》。三五九旅于1949年挺进新疆，1953年6月，奉毛泽东主席令，在塔里木盆地集体整编为新疆军区农业建设第一师，1954年归入新疆生产建设兵团建制。父母50余年前在阿拉尔所在的单位是新疆生产建设兵团农一师火电厂，当时的任务是

黄素新与张斌夫妇参观三五九旅屯垦纪念馆

建设一座现代化的火力发电厂,寻找50年前工作过的发电厂,也是我们此行阿拉尔的重要目的之一。"生在井冈山,长在南泥湾,转战数万里,屯垦在天山"就是对三五九旅这支英雄部队发展历史的形象概括,父母因支疆而与这支部队也结下了一辈子的缘分。

作为兵团屯垦人的后代,非常赞赏政府为数百万屯垦前辈们出资建设这样一座非常有意义的纪念馆。一幅幅历史照片,一件件珍贵物件,挖渠、担土、开荒、搭地窝子……母亲眼里已闪着激动的泪光,开始滔滔不绝地讲述那跨越半个世纪的故事……

"记得第一次来新疆阿拉尔是1966年,"母亲说道,"我一直都记得很清楚,那一年是7月27日从上海南汇出发,直到8月7日到达阿拉尔,在路上整整11天。那时南京长江大桥还没有建好,过长江,要乘火车还要乘轮船摆渡,从上海上火车到新疆吐鲁番大河沿火车站下车,在火车上差不多要7天。下火车后又换乘卡车,翻越天山,一千多公里,道路很差,一路上非常颠,颠得人快要昏过去。沿途一片荒凉,大多是戈壁、沙漠和数不尽的山,有时一天都见不到一个人。没有旅馆,在兵站过夜,几十个人一间,一路又颠了4天多,终于到达阿拉尔。被带到住的地方,吓了一跳,以为是住进了坟墓,根本不像房子,半截在地下,半截在地上,地面下就是向下把土挖空,地面上是用土块,葵花杆、树枝、碎石块堆成,在当地叫'地窝子',约半年后才住进了在地面上用土块砌墙,胡杨木为梁搭建的土坯房。在阿拉尔的生活就这样开始了。"

黄素新与昔日的"地窝子"

"一年半后在这里生了你,在阿拉尔医院的产房里,你还差点被别人抱错带走,还好发现及时。"母亲笑了笑,又说道:"在这里一住就是三年多,是参与国家重点投资的阿拉尔火电厂建设,后来文化大革命开始,一把大火,把昂贵的设备,建设中的厂房大多都烧了,仅留下个大烟囱,真是太可惜了!最后只得留下几个人看管那些被火烧烂的设备和厂房,后来直到这些看护员退休,这个火电厂也未再建起来,当时其他人员则被安排到农一师兵团其他单位,我们则被安排到了农一师汽车营二连,举家搬到了距阿拉尔一百公里外的阿克苏市,在那里一住又是二十多年。"

"在阿拉尔,什么都做,除厂里的活外,从幼儿园的保育员、食堂做饭、开渠、担土、拾柴等,只要是组织上安排的工作，我都拼命地去干，想方设法去完成。大家对我都很好，结识了很多战友，至今有许多还在联系。"母亲稍顿又脸色沉重地说："文革后不久，厂里形成了两派，一个叫保王派（保卫王恩茂同志），一个叫造反派，当时我在幼儿园工作，给大家照看小孩，未参加任何一派。有一次，一派被困在厂区内吃不上饭，我还冒着危险在家里给他们做了大饼送过去，劝他们有话好好讲，不要打斗。实在是可惜，最后两派的打斗还是很厉害，因打斗，一把火最终烧了建设中的火电厂，后来武斗被禁止，真希望今后这样的事不再发生。"

事实上，从小到大，这个故事听母亲讲了许多遍，显然这事对母亲意气风发的支疆岁月留下了深深的伤痕，即使是在那遥远的戈壁沙漠深处也未能幸免。作为文革期间出生的这一代人，更深深地体会到父母这一辈的不易，虽生活艰辛，时代困惑，但始终都未能阻挡他们对美好生活的追求。

"去看看这个火电厂还在不在？"我建议道。以医院为坐标点，母亲凭着大致的记忆，向友人打听火电厂的大烟囱是否还在，这个方法很灵，很快就在市郊区接合部发现了一个大烟囱，驱车过去，果然那儿正是50年前的火电厂的遗址。大门紧闭着，一圈长长的砖墙围着那个大烟囱，依然能够看出被火烧过的砖质厂房，许多废弃的大型旧设备依旧露天躺在满是尘土的场地上……

围墙很长，陪同母亲沿着围墙转到了厂区的西侧，母亲停下了脚步，指着围墙外西侧的一块长满骆驼刺，尘土几乎要漫过鞋面的一块戈壁空地大声说道："快来，快看，我们家以前就

黄素新与张斌参观火电厂遗址

住在这儿，这儿以前是土坯房，是生活区，这儿是幼儿园，这儿还有操场……"放眼望去，风沙早已将这儿抹得看不出任何痕迹，原来我懵懵懂懂的幼儿时代就是在这儿度过的，听着母亲高兴地说着50年前的那些知青故事，透过母亲那兴奋地不断舞动的手臂，我仿佛看到剪着齐耳短发，身材高挑，穿着黄布军装，一个来自上海的年轻姑娘，正挑着一担土，同一群来自全国各地的青年战友们一起笑着，愉快地忙碌着……

戈壁、沙丘、红柳，扁担、馒头、土墙，屯垦人在新疆。母亲的阿拉尔，我的摇篮，战天斗地，改革开放，日月换新颜。美哉，阿拉尔，美哉，屯垦人！

当年离开阿拉尔火电厂，来到阿克苏农一师汽车营，母亲依旧是什么都干，印象中母亲经常被评为先进生产者，家里有许多印着大红"奖"字的搪瓷杯、脸盆、笔记本等。1988年母亲因病提前退休时，早已是一个专业修理解放牌和东风牌卡车底盘，受人尊重的八级修理工了，在单位她更受人尊敬的另一个原因是：将我们三个子女都培养成了大学生，这在那个年代，在农垦连队里是十分罕见的。

1988年末，退休后的母亲回到了她的出生地——上海南汇书院镇四灶村，仍然是一副热心肠，一点也闲不住。几年前，专门腾出并装修了在村里的老房子，办起了睦邻点，村委会以她名字的谐音给它取名"舒馨睦邻点"，当年就被评为"区级示范睦邻点"。两年前，恰逢知青50周年纪念，又向村里租用了废旧仓库，精心设计、自行装修后，办了当地的第一个知青点。周边的老知青及老人们时常聚在那儿，愉快的歌声，优美的舞姿，常常引来周边村民们的驻足。当地人都亲切地叫她"新疆小娘娘"，母亲总是乐呵呵地拿出新疆的葡萄干、杏干招待大家……

这就是我的母亲！这就是母亲的阿拉尔！

参考文献

1. 根据黄矮弟的三儿子黄银楼（94岁）、小女儿黄素新（78岁）记录、口述整理。

2. 姚金祥、周正仁编著：《上海平原游击队》，南海出版公司1996年版。

3. 唐国良、张建明主编：《淞沪支队战旗飘》，上海浦江教育出版社2017年版。

4. 葛方耀主编：《南汇人民革命斗争史》，上海辞书出版社2010年版。

5. 上海市浦东新区新四军历史研究会编：《心中的旗帜》，2018年11月。

6. 林峰、胡红军主编，慈溪市新四军历史研究会编：《三北敌后抗日根据地战斗史料选编》，2019年3月。

7. 陈晓光主编，上海市新四军历史研究会浙东浙南分会编：《回忆与研究》（第十六辑），2013年12月。

8. 宁波市新四军历史研究会编：《情况与交流》，2008年4月。

9. 王泰栋、林家春主编，宁波市新四军历史研究会、上海市浦东新区新四军历史研究会编：《兄弟行——从浦东到浙东》，2015年8月。

10. 宁波市新四军历史研究会、宁波市水利局、上海市南汇区新四军历史研究会、中共上海市南汇区书院镇委员会编：《赤诚——储贵彬纪念文集》，2006年9月。

11. 方平、王泰栋、萧群主编，宁波市新四军研究会编：《三北烽火》，2012年6月。

12. 宁波市新四军历史研究会、慈溪市新四军历史研究会、中共掌起镇古窑浦村总支委员会、掌起镇古窑浦村村民委员会编印：《浙东敌后抗日根据地海上门户——古窑浦》，2005年版。

13. 张建明、柴志光主编：《中共上海市浦东新区历史大事件》，上海远东出版社2006年版。

14. 陈晓光主编，上海市新四军历史研究会浙东浙南分会编：《回忆与研究》（2016年增刊），2016年6月。

15. 阮可章、戚泉木主编：《浦东的故事》，百家出版社1994年版。

16. 上海市浦东新区新四军历史研究会编：《浦东革命前辈风云录》，2011年6月。

17. 王建锋、潘嘉森主编：《红色十六户》，2009年3月。

18. 上海市南汇区新四军历史研究会编：《南汇人民革命斗争故事选》，2009年5月。

19. 宁波市新四军研究会、舟山市岱山县史志办公室编：《血战大鱼山英雄群体》，2017年9月。

20. 马振雄主编：《连柏生纪念文集》，2018年10月。

后记

《南渡浙东第一船——书院镇一家人的真实故事》经过紧张而精心的编撰，终于在中国共产党建党 100 周年来临之际呈现在读者面前了。

本书由上海市浦东新区书院镇与上海市浦东新区文史学会共同策划编写，通过介绍一家三代三个典型人物在三个不同时期的真实故事，既展现了战争年代的风云岁月，粗线条勾勒了浦东抗战史上的重大事件，也讲述了新中国成立之后特殊年代发生的往事，以及在戈壁沙丘战天斗地的故事，又介绍了年轻的一代在改革开放、浦东开发中的成长与奉献。

对浦东文史学会来讲，能获得一家三代人如此典型的题材，是难得的机遇，自然应严肃认真、全力以赴去组织编写。而真实的故事，必须是真人真事真名真姓，贵在史料翔实、正确，做到图文并茂，让读者可看可读，有亲切感，有启迪意义。

编写过程中，为了掌握尽可能多的史料，搞清每一个故事的来龙去脉和具体情节，编辑部的同志在吸收前人及有关部门研究成果的基础上，又一次次向黄矮弟后人了解、核实；为了求证一些重要的史料，在查阅大量历史资料的同时，到市、区档案馆、图书馆寻找线索；为了发掘到更多史料，为史书提供更多珍贵的图片资料，文史学会的同志与黄矮弟后人一起，专程前往浙东的余姚、慈溪等地考察,还深入到当年浦东壮士南渡的地方采访知情人。功夫不负有心人,尽心的付出,得到了可喜的回报,丰富的史料为写作提供了坚实的基础。

本书编辑部的同志,参与编辑的过程,也是接受爱国主义教育的良机。抗日战争、解放战争时期看似"小人物"的黄矮弟身上,有着一个个让人感动的故事,令人难以忘怀,他是一位沪苏浙革命史中应该被铭记的党外英雄。能发掘整理这样一部有特色的史书,要真诚地感谢关心和支持的诸多领导和同志,尤其是黄矮弟后人的鼎力相助。

尽管通过努力,编者的心愿得以实现,但仍感到有多个问题需进一步研究,有些重要事件的照片也无法获取,再加上时间及编者水平有限,不足之处敬请专家、学者和广大读者批评、教正。

编者

2021 年 2 月

图书在版编目(CIP)数据

南渡浙东第一船：书院镇一家人的真实故事 / 李国妹主编 .— 上海：上海社会科学院出版社，2021
 ISBN 978 - 7 - 5520 - 3499 - 8

Ⅰ. ①南… Ⅱ. ①李… Ⅲ. ①纪实文学—中国—当代 Ⅳ. ①I25

中国版本图书馆 CIP 数据核字(2021)第 030475 号

南渡浙东第一船
书院镇一家人的真实故事

主　　编：李国妹
责任编辑：邱爱园
封面设计：夏艺堂艺术设计
出版发行：上海社会科学院出版社
　　　　　上海顺昌路 622 号　邮编 200025
　　　　　电话总机 021 - 63315947　销售热线 021 - 53063735
　　　　　http：//www.sassp.cn　E-mail：sassp@sassp.cn
照　　排：南京理工出版信息技术有限公司
印　　刷：上海龙腾印务有限公司
开　　本：889 毫米×1194 毫米　1/32
印　　张：6.75
插　　页：5
字　　数：147 千字
版　　次：2021 年 4 月第 1 版　2021 年 4 月第 1 次印刷

ISBN 978 - 7 - 5520 - 3499 - 8/I·422　　　　　　定价：58.00 元

版权所有　翻印必究